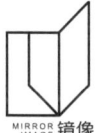

朱燕玲工作室

美
人

张惠雯 —— 著

中信出版集团｜北京

图书在版编目（CIP）数据

美人 / 张惠雯著. -- 北京：中信出版社, 2024.3
ISBN 978-7-5217-5814-6

Ⅰ.①美… Ⅱ.①张… Ⅲ.①短篇小说－小说集－中国－当代 Ⅳ.①I247.7

中国国家版本馆CIP数据核字(2023)第112414号

美人

著　　者：张惠雯
出版发行：中信出版集团股份有限公司
　　　　　（北京市朝阳区东三环北路27号嘉铭中心　邮编100020）
承 印 者：河北鹏润印刷有限公司

开　本：880 mm×1230 mm　1/32	印　张：6.625	字　数：103千字

版　次：2024年3月第1版　　　　　印　次：2024年3月第1次印刷
书　号：ISBN 978-7-5217-5814-6
定　价：49.80元

版权所有·侵权必究
如有印刷、装订问题，本公司负责调换。
服务热线：400-600-8099
投稿邮箱：author@citicpub.com

序言
万丈红尘起 来演丽人行

孟繁华

1

美人

1

丽娜照相馆

127

南方的夜

153

后记
致湮没于岁月的美丽身影

张惠雯

183

序　言

万丈红尘起　来演丽人行

——序张惠雯的"美人书"

孟繁华

张惠雯的这部小说集，写的是二十世纪八十年代中后期县城里三个出名的美人：何丽、丽娜和红霞。因此，这部小说集也可以叫作"美人书"。如果按照图书生产的市场逻辑来看，除了凶杀、谍战、政治、暴力等题材或元素，"美人"大概是最吸引眼球的。一想到"美人"，一定和欲望有关，和色情有关。美人最大限度地满足了男性的欲望想象，美人是战无不胜的。但是，如果按照这个思路来理解这部"美人书"，那就要自惭形秽了。事实是，张惠雯在时代环境变迁的背景下，或残酷惨烈或云淡风轻地写出了三个美人各自的命运，在故事的背后，在作家对世风世情和世道人心的描摹中，隐含了她对万丈红尘中价值观变化和人的欲望没有限度极端膨胀的隐忧。因此，这既是一部美人书，同时也是一部批判书。

对女性深切的同情是小说基本的情感取向，无论是在小县城还是在大深圳，三个美人既不是吉卜赛女郎，也不是羊脂球，当然也不会是白毛女。但她们在现代性的巨大冲击下，完全改变了前现代的生存状况和精神状况。应该说现代性的急速发展和世界性的扩张，逐渐构建了一种巨大的现实力量，现代化运动在取得了丰盈的物质生活的同时，也建立了"物欲统治"霸权。这种霸权演化为一种意识形态后，也成为一种文化冲击力，对普通民众便具有了支配性的力量。孟子在断言士与民的区别时说：士，无恒产有恒心；民，无恒产亦无恒心。今天的士与民无异，都是既无恒产亦无恒心的群体。普通民众被现代化运动裹挟，既要挣扎更深感无奈。特别是作为弱势群体的女性，她们的遭遇无可避免地险象环生。"美人书"中三位女性的命运，就是对这一遭遇的形象阐释。

县城的三个美人究竟有多美，美人究竟怎样写才会惊为天人？汉乐府《陌上桑》这样写：

> 行者见罗敷，下担捋髭须。少年见罗敷，脱帽著帩头。耕者忘其犁，锄者忘其锄。来归相怨怒，但坐观罗敷。

元代杨果的《小桃红·采莲女》这样写：

> 采莲船上采莲娇，新月凌波小。记得相逢对花酌，那妖娆，殢人一笑千金少。羞花闭月，沉鱼落雁，不恁也魂消。

相比之下，还是《陌上桑》技高一筹。《采莲女》是直接写美人的美，大多也就形容而已，那羞花闭月沉鱼落雁是美，但读者终还是没有具体印象。美如果不具体，让人如何体会？《陌上桑》中罗敷的美也没有具体描绘，但通过观看者——行者、少年的形态，罗敷的美一览无余。她有多美？耕者忘其犁，锄者忘其锄。这是叙述心理学。《美人》中何丽有多美——

我们愣愣地瞅着她,而我们一齐死盯住她的目光似乎产生了某种作用:她转过头,朝我们看了一眼。所有人都惊呆了,然后全都低下头,像是完全经不住这美丽的、突然的一瞥。但几秒钟之后,我们又赶紧抬起头去看她,生怕错过什么。我把她推的那辆自行车和前面车筐里的两个输液瓶也看得清清楚楚。我们的眼睛就那样追随着她,像一群目光被线牢牢牵住的木偶,直到她的身影消失在门诊楼后面。然后,大家像从梦中猛然醒来一般,再也没有打牌的兴致,喊叫着各自飞奔回家。

前面也有对何丽美的描述:"她走路的样子和我妈妈、我姐姐、我见过的其他女人都不一样,仿佛踩着某种特殊的、轻柔的节拍。她披散的黑发刚刚长过肩膀,穿的裙子青里发白,像月亮刚升起时天空的那种颜色。领口系的飘带和裙子下摆在晚风里朝后飘,头发也一掀一掀地微微翻飞,和身体的律动相一致,引得我们的心也跟着摇荡、飞扬起来。"但这个描述并不能给人深刻印象,恰恰如《陌上桑》中观看罗敷的众生相——众人看何丽的状态将何丽的美呈现到极致,这是张惠雯写人的过人之处。爱美之心人皆有之,何丽如果是件艺术品，众人都以欣赏的姿态或心理对待她，那么小城将无故事。何丽恰恰是一个美到极致的妙龄少女，而且她就生活在八十年代的县城。虽是县城，但改革开放的风潮已经扑面而来，县城的商业气息弥漫在每一个角落，精神生活也在《甜蜜的事业》《大桥下面》《罗马假日》的另一世界中展开。无论物质还是精神，一股青春勃发的力量如大潮奔涌。那时的何丽在校读书，蠢蠢欲动的年轻人心怀非分之想，但在哥哥的护佑下，何丽平安地度过了中学时代。和哥哥相处的时期，是她一生中最幸福的时光。哥哥的呵护是她唯一曾经的骄傲，是她唯一有"公主般感觉"的时光。那些胆敢骚扰的男孩在哥哥的威慑下退避三舍。她懵懂地"不喜欢长大"，是因为那时的她先在地感知了命运只有在这时才垂青了她。这个单纯、几乎无瑕的美丽女孩，匆忙地度过了她的少女时光，那是一去不复返的时光。当她发现哥哥"摩托车后座上坐着一个穿黑色连衣裙、鬈发的女人"时，她犹如猝不及防地被猛然一击，有"某种说不清的强烈刺激"。这个细节是何丽心理变化的开始。然后是因严打哥哥入狱，接着父亲病故。家境的变故是何丽命运转折的开始。如是，何丽先后经历了三个男人：干部子弟李成光、警察孙向东和所长宋斌。

这是"一个女人和三个男人的故事",但这不是艳情小说滥情的多角恋,也不是何丽见异思迁的水性杨花。这三个男人是何丽性格成长变化的环节。通过与三个男人的关系,表达了何丽或者说是作家张惠雯对人与人际关系、对世界的态度和看法。李成光是干部子弟,他不遗余力地追求也真心爱何丽,何丽为他献出了初夜。但李成光没有勇气挣脱父母的压力,从县城消失了。刑警孙向东是何丽的中学同学,他不计较何丽的过去,终于和何丽结秦晋之好。"孙向东就像一只高大的忠犬那样守在她身边,过去那些像肮脏的苍蝇、阴险的狼一样围着她打转儿的不三不四的男人都消失了。她回想和李成光在一起时,她就像一只温驯的、容易受惊吓的小白兔,而现在她是个幸福、自信、安定的女人。"但男人的优点各有各的不同,缺点都是一样的。孙向东经常喜怒无常,还是因为何丽的过去。他们的悲剧性不是孙向东的心生妒恨,而是孙向东的意外死亡。孙向东在市公安局集训,两地相距不过四五十分钟车程,结束当天的培训后他要赶回去看妻子何丽的演出,给她个惊喜。结果孙向东的摩托车被撞进公路边的沟渠里,他被从车上甩出,摔在十几米开外的公路边缘。救护车赶到事故现场时他已经死亡。真是应了那句老话:"红颜薄命"。何丽的人生一波未平一波又起。最后何丽在新来的所长宋斌的精心策划下,投进宋斌的怀抱并怀孕。后来宋斌因贪腐自首,入狱三年出来后做生意,又是风生水起。对于何丽,讲述者感慨说:那些不幸、厄运终于都离她而去,就像一场灾难随着美丽的逝去终于平息了。

《丽娜照相馆》和《南方的夜》,《当代》刊发时的题目是《县城美人(二题)》。小说荣获2023年度《当代》文学拉力赛年度短篇小说奖项。授奖词说:

> 在小说家张惠雯笔下,那些从庸常现实中发掘出的无声波澜、临渊情感、幽微心绪,"一瞬的光线、色彩和阴影",皆被凝定为一种水晶般的叙事。而以"县城美人"为总题的两部短篇新作,在保持既有叙事声调与文本质地的同时,题材又有所拓展。《南方的夜》《丽娜照相馆》是两段来自中原县城的美丽传说,作家不仅让读者一同为美人的命途而叹惋,更让我们看到昔日少年如何在惊鸿一瞥间获得美的启蒙。有鉴于此,授予其《当代》文学拉力赛年度短篇小说。

《丽娜照相馆》以一个男孩的视角，写的是一个名叫丽娜的女孩的故事。丽娜漂亮无比。县城的人觉得谁美，就会说她"长得像电影明星"。"在县城几个有名的美人中，丽娜最像电影明星。"丽娜的出身和何丽有相似之处，家境贫困，父亲开个照相馆。母亲是个高大的新疆女人，年轻时曾经和别人跑过，后来她又回来了，而父亲竟然还要她。"这在我们县城里是说不过去的，是一个男人的奇耻大辱。"这些背景从不同方面表达了丽娜的卑微，她也是一个"灰姑娘"式的人物。九十年代初县里开办了一个皮具厂，老板是江浙人："他的衣着、发型、姿势都和本地男人迥然不同。总之，他显得和周围格格不入，却又有一股独领风骚的气质。"老板和丽娜好了之后，对县城青年构成巨大的刺激，后来宾馆的服务员传言他们的关系"又升级了"。于是大人们因此确认丽娜已经堕落，堕落在一个不知底细的外地人手里，他们哀叹一个漂亮姑娘就这么轻易地把自己名声毁了。人们在私下的议论里，愤怒主要是针对丽娜的，因为丽娜是女人，女人就不应该被诱惑，而本着"肥水不流外人田"的原则，她更不应该被一个外地人诱惑。但丽娜和南方老板爱得轰轰烈烈，对于县城里的人来说，这恋爱期未免拖得太长了。小说将看客心理写得入木三分。有趣的是看客这次真的没有看错：丽娜和老板到南方大约半个月后，自己回来了。丽娜的景况可想而知。这时大家提起丽娜，"仿佛都陷入一种茫然、有些屈辱又愤愤不平的情绪中。毕竟，丽娜是'我们的'姑娘"。丽娜和南方老板的情感无疾而终，对丽娜来说，她的天空已被巨大的挫败感阴影般地笼罩。丽娜回到了她的照相馆，岁月使她变成了"老姑娘"。丽娜交往的第二个男人是本县人、她的高中同学，早些年就去市里下海经商，已经有了家室。他对丽娜展开进攻不可能顺畅，于是他使用了擅长的商业手段，花钱把照相馆楼上的房子租下来，然后拿着租赁合同去找丽娜，说他租的地方免费给她用，装修和购买新设备的钱他也可以投资，两人来合伙办一个正儿八经的影楼。他策划说一楼可以拍普通的照片，二楼可以专门用来拍婚纱照。这个主意对同样经商的丽娜来说太有吸引力了，丽娜也想搞些新名堂，把照相馆弄得与众不同，但她没有足够的钱。于是他们成了"合伙人"，于是一切顺理成章便在想象之中了。

现代中国文学关心的是娜拉出走之后怎么样，那时鲁迅就尖锐地发现，女性如果没有经济上的独立，就不可能有女性的主体性，没有主体性的女性，只能依附于男性。所以鲁迅在小说《伤逝》中写道："人必生活着，爱才有所附丽。"张惠雯关心的是何丽、丽娜们被始乱终弃后怎么样。但本质上张惠雯依然在接续鲁迅的问题：人生最苦痛的是梦醒了无路可以走。给她们的选择是，要么回来，要么堕落——

> 但最后还是出事了。事情是在省城发生的。那一年，丽娜大概三十七八岁。据说，她当时和那人在一起，那人的妻子和她的几个朋友一路跟踪，当场抓住了他们。她们带有剪刀，混乱中，剪刀在丽娜左侧的额角和耳朵之间划了一条刀痕。如果不是那男人拼命挡住她，她们可能还会多给她几下子。事情就是这样狗血地暴露了，两个人都受了伤。

丽娜没有做妓女，但她沦为一个已婚男人的情妇。在小城人的眼里，这和"堕落的妓女"只有一步之遥。最后，"丽娜还是孤身一人被抛下了，留在原地，留在目睹了她的又一次失败的小城。同样地，她什么也不说，不向人哭诉、抱怨，默默地承受她的损失、她的耻辱。只是，那美丽的脸上多了一道伤痕"。

《南方的夜》，写美人红霞的命运。和何丽、丽娜相比，"红霞明显不如另外两个漂亮，她眼睛不大，身材也平了些。可她身上有股说不清的味道"。但她骑一辆白色的摩托，风一般掠过大街。"她的白衬衫扎进牛仔裤，顺滑的直短发迎风飘拂，身姿笔挺，像个气度不凡的骑手"，于是红霞就不一般了。所有的美，总是在一定的文化处境中得以呈现的。那时的县城正在播映老港片《靓妹正传》，"影片里的阿珊一出现，我就惊呆了，仿佛我们街上的红霞跳进了大银幕。我突然明白了长得并不特别好看的红霞为什么能跻身'三美'，因为她和电影里的阿珊一样，有股女孩儿身上罕见的清爽、帅气，这股帅气很都市、很港味儿"。"很都市，很港味儿"将红霞的美与时代建立起了联系。红霞后来去深圳发展，赚了点钱。她说来到深圳，"起码眼界开阔了很多，知道了很多自己以前不知道的事，还做了自己以前觉得根本做不了的事"。红霞不经意的表述，虽然难以穷尽作为现代表征的都市所有的秘密，但她道出了现代性魅惑的本质。这个魅惑使所有被裹挟进这个历史断裂状况的人，不自觉地走上了现代性这条不归路。几年后红霞失联了。红霞进货被骗，投资股票失败，破产的红霞在歌厅当领班。当"我"对这份工作表示疑虑的时候，红霞说——

> 在歌厅工作怎么了？被人催债、被法院找上门，然后东躲西藏，搬到个猪窝一样的地方。可就连那样的地方，人家还欺负你，把你的东西从屋里扔出来……都快流落街头了，还在乎什么工作适合不适合。那时有人肯给我工作，肯给我地方住，我就感激他。

红霞后来嫁给了郑先生，也算有了安身立命的归宿。这是张惠雯为她笔下女性安妥的最后归宿。

张惠雯的"美人书"书写的是地地道道的"中国故事"，但这个中国故事接续的却是世界文学的传统。所谓世界文学的传统，指的是无论任何时代、任何民族，在文学中处理的一直是男女两性的情感关系。但因文化传统和语境的不同，男女两性关系的处理方式也有极大的差异。我们看到的《安娜·卡列尼娜》《复活》《巴黎圣母院》《红与黑》《呼啸山庄》《法国中尉的女人》《荆棘鸟》《逃离》等，那里有通奸、有投机，也有刻骨铭心的情与爱，虽然张惠雯的"美人们"给人的阅读感受，是女性命运彻骨的悲凉，但关于两性情感关系有不尽探索的可能性方面，张惠雯的小说有了"世界性"，也就是所有作家共同处理和关心的感情世界的问题。

在加拿大作家艾丽丝·门罗那里，对女性还有"逃离"的想象或设计。当然，即便在发达的资本主义，女性也无处可逃，她们甚至也认为，有了男人就有依靠。中国的何丽们更无逃离的可能，她们逃到哪里去呢？红霞是到了深圳，但那是逃离吗？她只不过是换了一个被拥有金钱和权力的男性宰制的地方而已。

在张惠雯的讲述中，男性和女性在婚姻爱情中的不平等，男性对女性的统治、宰割不能仅仅认为是性别关系，那里还存在没有言说的阶级关系。男性如果没有掌控金钱资本和权力资本，女性的命运何至于此。试想李成光如果没有足够的金钱资本、宋斌如果没有权力资本，他们能够实现对何丽身体的占有？孙向东没有这两种资本，他大体是理想的丈夫，但他必须死去，必须被放逐于争夺女性的角力场。因为在当下普遍的价值认知范畴中，他是一个例外：一个不具有金钱资本和权力资本的人，是没有资格占有"美人"的，因此孙向东不在小说的逻辑里。这些不经意的人物设置，从一个方面表达了金钱资本和权力资本在占有女性过程中的宰制和控制作用。这种关系不仅表现在男性当事人身上，同时也表现在相关的人物身上。李成光父母的身份优越，就极具代表性。如果从人的角度考虑，作为美人的何丽是无敌的。但李成光父母选择儿媳的标准是建立在物质、金钱、权力关系上的，何丽即便是沉鱼落雁羞花闭月，仍然不能满足李成光父母对身份的要求。因此，门户之见是阶级歧视的另一表现。

在具体写作方面，我觉得三篇"美人书"的感人之处体现在这样几个方面：首先是张惠雯小说的讲述方式。"美人"无论在情感还是命运的悲惨结局，都可以写得惊心动魄摄魂戳目。但张惠雯的处理就像邻家女孩讲述的日常生活，就像缓缓流淌的未经污染的河水，波澜不惊，它淡然、清爽和干净，给人另一种自然静穆的阅读感受。尽管这静穆后面隐含万丈红尘中的丽人泪。她在《南方的夜》中有一段场景描写——

  城市里终夜不熄的灯火依然流光溢彩，但街道上已经安静而空荡，只有稀疏的车辆不时驶过。那些与夜空相接的高楼大厦，那种灯火通明的寂静，给人一种奇特的感觉，仿佛置身于一个灿烂而无声的梦境里。南方的秋风只有凉爽，没有寒意。她在风里踱来踱去。不知道为什么，我想到鸟，她就像一只美丽、轻盈、不怎么安分的鸟。

这种场景本质上是一种心情，这种心情既可以认为是张惠雯的，也可以认为是红霞的。场景也幻化为人物的心境，使小说讲述有了内在的统一性。

其次，是对人物性格变化的塑造，这是"美人书"极为突出的特点。我们讲小说写人物命运，什么是命运？命运就是变化，人物性格只有在变化中才能鲜明生动地表现出来。于是我们看到，无论何丽、丽娜还是红霞，她们性格的变化，不仅体现在"美人辞镜花辞树"时间铸就的沧桑里，更体现在大时代世风、价值观和人物心理的变化中。何丽经过了与李成光失败的恋情之后，她对孙向东、宋斌的追求，没有了第一次被李成光追求时的紧张和慌乱，但孙向东和宋斌或因事务或因城府拖延联系和见面时，何丽甚至出现了隐约的不安甚至期待。这种心理变化不仅符合青年女子的心理，同时更符合人物性格的变化。

第三点，也是最重要的一点，张惠雯的"美人书"，是一种直面现实的写作。在当下的环境中，一方面是提倡现实题材的创作，一方面这也是最具难度的创作。对当下世俗生活的呈现或批判，并不意味着作家要回到过去，过去是只可想象难再经验的，但过去并非一无是处，现代美学一直在彰显前现代的美，批判或揭示现代的问题。这种张力恰好从一个方面表达了"现代"的问题。回不到过去并不意味着当下的全部合理性。因此，当张惠雯以"美人"的视角呈现"现代"问题的时候，不仅显示了她创造文学魅力的能力，同时也具有了温婉而尖锐的批判力量。这就是张惠雯"美人书"的价值所在。

2023 年 12 月 12 日

于北京寓所

美

人

那时我大概八岁,和往常一样,跟着哥哥和他的朋友在外面玩儿。哥哥比我大四岁,他厌烦我这条"尾巴",但母亲强迫他出门时带上我,因为我小时候很瘦弱,她总担心我被其他男孩子欺负。我们都是医院子弟,那天就在大院里玩儿。

病房楼前面有一块快枯死的草坪,草坪中央是一个水泥花坛,里面栽着几棵无精打采的冬青和月季,干旱,落满灰尘。围绕花坛稀稀落落地种着几棵矮小的树。我们坐在树下打牌。哥哥如果心情好,会让我替他起牌。我得到这个差事既兴奋又紧张,因为终于能摸到牌了。但如果起的牌不好，哥哥又会骂我手气烂。大部分时间，我只是坐在他旁边，看他们打牌。

接近晚饭时间，树底下的光线渐渐变暗了，但离真正黑下来还有一会儿。临路的几棵老楝树开满了紫花，这时候散发出比往常更浓郁的、带苦涩的香味儿。我观看打牌的注意力早已涣散，只等哥哥打完，赶快回家吃饭。就是在这个时候，我听见有人小声而急促地喊："快看，快看，何丽来了！"哥哥他们突然都停下手里甩牌的动作，朝同一个方向望过去。他们一动不动，像在玩木头人。我也朝那个方向看过去，一个穿连衣裙的年轻女人，推着自行车走在从病房楼通往门诊楼的路上。她走路的样子和我妈妈、我姐姐、我见过的其他女人都不一样，仿佛踩着某种特殊的、轻柔的节拍。她披散的黑发刚刚长过肩膀，穿的裙子青里发白，像月亮刚升起时天空的那种颜色。领口系的飘带和裙子下摆在晚风里朝后飘，头发也一掀一掀地微微翻飞，和身体的律动相一致，引得我们的心也跟着摇荡、飞扬起来。

我们愣愣地瞅着她，而我们一齐死盯住她的目光似乎产生了某种作用：她转过头，朝我们看了一眼。所有人都惊呆了,然后全都低下头,像是完全经不住这美丽的、突然的一瞥。但几秒钟之后,我们又赶紧抬起头去看她,生怕错过什么。我把她推的那辆自行车和前面车筐里的两个输液瓶也看得清清楚楚。我们的眼睛就那样追随着她,像一群目光被线牢牢牵住的木偶,直到她的身影消失在门诊楼后面。然后,大家像从梦中猛然醒来一般,再也没有打牌的兴致,喊叫着各自飞奔回家。那就是我第一次看到何丽本人。

八十年代,小城里有几个美人脱颖而出,就像高跟鞋、牛仔裤、乔其纱上衣、山口百惠、流行歌曲等诸多新事物脱颖而出一样,而何丽是其中最有名的。我想,我们在医院的树下打牌、看见她的那年,她可能只有十几岁。但也许因为我当时年纪小,所以在我最初的印象里,她已经是个年轻女人。往后,我在不同的时间、不同的地方听不同的人谈起过她,谈发生在她身上的那些事、追求过她的那些男人……这些小城里人们茶余饭后的无聊谈资,在我听来都有了非同寻常的意义。而无论这些事是悲是喜,是否被描述得庸俗、肮脏、轻率,都没有损伤这个年轻女人留给我的初次印象。真正的美人身上是有光的。我想,在那个傍晚,我被这种光照到了。

1

当初,西城只有三条主要街道,一条南北大街和两条平行的东西街。靠北边这条东西街和南北大街交叉的十字街一带是县城中心。交叉口有家国营饭店,饭店包括一个餐厅,设在一栋两层水泥小楼里,供应炒菜;还有一个搭在路边的黄色帆布大棚,卖胡辣汤、小米粥、炸油条、糖糕、菜角等小吃。在当地人眼里,去两层楼的餐厅吃饭就意味着最奢侈的生活水平。从这家国营饭店沿东西街往西去一点儿,是一家国营清真食堂,叫回民食堂,供应羊肉烩面和清真小菜。如果往东走,走不久则会看到三个高耸的冒着浓烟的水泥烟囱,那就是小城里最大的企业化肥厂。三条街中,南北大街才称得上"大街"的称号,因为最热闹,其繁华地段主要在十字街以南,可以说,这半条街主导着小城的文化和商业生活。从十字街口沿南北大街稍向南走,路西是当地最大的国营商场百货大楼,它有四层楼,在八十年代初就是县城里的大厦和地标。再往南去，紧挨着百货大楼的是人民影院，那时不仅放映新国产片，如《甜蜜的事业》《大桥下面》，也放映译制片《罗马假日》等，那里是全县人民的娱乐胜地。影院对面就是县文化馆。再往南走，两边都是国营零售商店，叫"门市部"，有盐业公司门市部、医药公司门市部、五金门市部、食品公司门市部……最后，在南边那条东西街和南北大街交叉的路口左侧，矗立着一座模仿人民大会堂造型的带廊柱的灰色水泥建筑，样子相当庄严宏伟，叫人民大礼堂。它是县城的剧院和政府会场。从礼堂再往南，就是县委和县政府等机关大院。

县城虽小，却有顽固的轴心感，城里人、乡下人划分明确。当时，在这三条主街两旁以及从主街岔分出去的小街两边居住的人才被认为是"城里人"，而城乡的地理分界线就在俗称为"四门"的地方。"四门"是指东西南北四道老城门。县城过去曾有古城墙和城门，早已毁弃，可老一辈居民的心里还存着这么四道城门旧址的位置，所以他们仍然习惯用"东门""西门"这样的说法，最终成了一种约定俗成。虽然四门人的活动范围几乎和县城人一样，但城里人仍认定四门人是郊区农民，因为他们还有田地，户口也是农村集体户口，不是吃商品粮的。

何丽的家就在"西门"附近。她父亲在化肥厂干活儿，是厂里的合同工。他们家在城外还有几亩麦地，主要是母亲打理。何丽的父亲瘦高，为人老实，不大爱说话，对两个孩子却温和耐心，从没有动手打过，这在城郊实在不多见。也许因为农活儿干得多，风刮日晒，她母亲比父亲显老些。她母亲瘦削，性格敏感，爱为小事发愁，还有肩膀疼、关节炎等各种小毛病。但从那双塌陷、下垂的大眼睛里，仍可以看出她母亲年轻时也漂亮过。父亲在厂里干完活，回到家会再帮着干一点儿地里的农活，月底从厂里领了工资，除了留几块钱买烟，其他全都交给妻子。母亲尽管爱叹气、爱唠叨，但照顾丈夫和孩子都温柔尽心。这一家人起初是幸福的。

何丽和哥哥童年时最喜欢割麦子的季节。那时父母亲会带他们一起到田里去，让他们坐在麦地边一棵大树的树荫里。他俩看着父母亲头戴草帽，脖子里挂着一条擦汗的毛巾，在金黄色的麦地里魔术般地挥着镰刀，一茬茬的麦子就在他俩身后倒伏下去，何丽和哥哥惊叹不已。但他们还小，父母不让碰镰刀。割完一块地，父母亲就到树下休息一会儿，喝塑料桶里的凉开水，吃筐子里带来的食物：茶叶蛋、变蛋、油饼、五香花生米、豆腐皮……割麦子的季节，是人们最舍得吃的时候。兄妹俩随着父母吃一点儿东西，就戴上遮阳帽，跑去收割过的麦田里。他们淌着汗，却不觉得热也不觉得累，把饱满、金黄的麦穗掬了满怀，运到路边。断了的麦秸秆儿在他们脚底下发出噼噼啵啵的脆响，他们在一片金澄澄的、光的世界里来回奔跑，追着，笑着。过后，等父亲拉着一车麦子往家走的时候，兄妹俩跟在车子后面，捡滑落到路上的麦穗。这是让他俩都觉得特别快乐的事。

她和哥哥小时读的都是西门小学，按照户口，他们不能去城里孩子读的实验小学。但初中以后，这种区别就难以为继了，因为县城里只有两所初中，学生无法根据户籍地划区入学，城里和郊区的学生就混在一起上课。何丽进了二中，她就是那时出名的。据说，在二中的校门口，经常有其他学校或社会上的青年等在那里，只是为了看她。接近八十年代中期，小城里的风气逐渐开化，流行音乐、外国电视剧开始风行。人们渐渐意识到，并非只有流氓坏蛋才会谈论美、关注美，意识到爱美并非一种罪。而就在人们度过了一个漫长的蛮荒时代，刚刚睁开眼睛的时候，他们看见了这个美丽的姑娘。

何丽的哥哥那时已经上了高中。为了震慑那些聚在校门外围观妹妹的图谋不轨的人，他有时特地来二中接妹妹放学。他经常带几个朋友一起来，有的是他的高中同学，有些是已经下学的、在西门街面上混的郊区青年。这种震慑起了作用，敢跟踪何丽或是对她出言不逊的人少多了。也有不服气的，双方就免不了打架。

等在校门口的都是外校和社会上的人，学校里有些胆子大、感情热烈的人会找别的方法来表达喜爱。他们塞给她书信和纸条，送她明星贴画、明信片、日记本。她不好意思当面拒收那些书信和纸条，就把它们夹在教科书或作业本里。放学后，她走到某条僻静的路上，才把这些书信和纸条拿出来。如果写信的人她还不讨厌，她就读一读；如果是她没有印象的人，她就看也不看，把信撕碎丢弃了。她很谨慎，从不把这些东西带回家，担心父母误会，也怕哥哥看到会去找别人麻烦。

哥哥高中没读完就辍学了。他知道自己考不上大学，决定不再浪费时间。在家里当了半年多的待业青年后，经过一个亲戚介绍，他去外地跟别人学开货车，跑河南—江苏线。哥哥离开后，她没有了保护伞，上学、放学的路上提心吊胆，生怕被小流氓围追堵截。家里也发生了一件大事，田地全被政府征收作为新城区开发用地，虽然他们一次性拿了一笔补偿款，但母亲想到自己没工作，如今家里又没有了田地，又添了新愁。

最后，父母亲商量了一下，从征地补偿款里拿出一部分，在西街尽头开了个食品杂货铺。门面其实很小，但这对他们来说已经是很大、很冒险的投资。他们怕赔钱，也怕有一天政府又不让私营了。杂货铺一开始确实没多少生意，顾客大多是邻近的半大孩子，来买一毛钱三块的水果糖、五分钱一包的山楂片，或是被大人差遣来买盐、白糖、五香粉、油炸果子……后来，何丽的母亲又狠下心买了几口酱菜缸，自己腌酱菜。店面本来就小，进口处摆了几缸酱菜，立即显得拥挤。不管有没有顾客，何丽的母亲都把酱菜坛子、柜台、货架擦得一尘不染，和国营商店货架上落满灰尘的邋遢看起来很不一样，加上她的腌菜干净，夏天酱缸上都蒙着白纱布，不像食品公司门市部的酱菜缸整天敞开，边沿趴满黑压压的苍蝇，小店的客人就渐渐多起来。母亲胆子大了一点儿，不时进点儿新货，如毛巾、扑克牌、擀面杖、蒲扇、苍蝇拍……店开着的时候总离不开人，何丽中午常常要给母亲送饭，有时也帮着卖一会儿东西。于是，来店里买东西的男人就更多了。

一家人虽然忙碌，但日子还算充实，直到父亲发现自己时常腰疼、出虚汗、尿里有血。他去县医院做了检查，医生诊断说他的肾脏出了毛病。他不敢相信，又偷偷跑去地区医院做检查。医生确定是肾脏出了问题，要他休息、治疗。他哪有时间休息？他没有太当回事儿，拿了一点儿药，依然去厂里干重活儿，铲锅炉灰，扛化肥袋子……有天中午，何丽刚把煮好的面条装进母亲的饭盒，准备去店里送饭，一个陌生人跑进院子里，说他是化肥厂的，她父亲在厂里犯病了，已经送去医院。何丽骑自行车载母亲去县医院，母亲在后座上紧紧揪住她衣服的后襟，好像坐不稳当。母亲边啜泣边说些什么，风很大，她听不清楚。她很害怕，第一次想到父亲可能会死……眼泪顺着她的脸颊往下流，但她无暇去擦，只是拼命地往前蹬着车子。

家里的顶梁柱突然倒了。那段时间，她母亲经常哭，却从不当着父亲的面哭。父亲犯病时浑身疼痛、水肿，还有心肌炎等并发症。化肥厂的工作没法干了，厂里补给他一点儿医疗费。父亲卧病后，何丽除了帮母亲看店，还要照顾父亲。她经常出入医院，给父亲拿药，带父亲去附近的门诊输液。但和母亲一样，她小心翼翼，从不在父亲面前流露疲倦或难过。在他跟前，她总是笑着，动作活泼利索，想让消沉的父亲轻松一点儿。

好在哥哥不久后回家了。考虑到父亲的情况，化肥厂愿意给哥哥一个临时工的指标。哥哥去了两个多月就不愿干了，说车间里气味熏死人，干久了会把肺弄坏。父亲很不高兴，但也没有强迫他，只是对妻子说儿子这两年跑野了，看起来不够吃苦耐劳。母亲说现在和过去不一样了，年轻人头脑活也不是坏事。

何丽的哥哥到底在外面闯荡过，见过世面，他很快在影院对面开了县城里第一家音像品商店，卖流行歌曲磁带，磁带上印着明星们的朦胧照，贴着显赫的金色标志——原装正版。店里的墙壁上贴着港台明星的海报，双卡录音机不停地大音量播放时下最流行的歌曲：缠绵柔靡的邓丽君、劲歌热舞的费翔、猫一样尖锐嘹亮的张蔷……歌声一直传到大街上，是那个年代特有的声音，象征着另一种遥远、火热而芳香的生活，激动着县城青年们的心。音像店吸引了不少赶时髦的年轻人，他们即使不买磁带，也喜欢聚在店里聊天、听歌。

在妹妹眼中，哥哥变了很多。他身体粗壮了，肤色深了，说话的嗓音也变了，看人的眼神里多了层思虑。他现在不像以往那么爱和她说话。他这两年在外面经历过什么，遇到过什么人，他的商店经营得怎么样，他都有哪些朋友……这些事他几乎都不提起。如果她问他，他就笑着说有些事他说了她也不懂，她还是小孩子。她觉得那个在学校门口等她、跨坐在自行车上的哥哥不见了，那时他是个少年，现在俨然是个男人。当然，高大健壮的父亲也不见了。他每天吃大量的药，西药和中药都吃，整个人虚胖浮肿。她变得怀旧，常常想念过去的日子，有时候想得流下泪来。有一天，她看见哥哥塞给母亲一沓钱。她突然明白了为什么哥哥会变，因为父亲倒了，哥哥要在家里担起父亲以前的角色，他不能再像她那样孩子气了。

一天晚上，哥哥突然来高中门口接她放学。他穿着一件浅蓝色T恤衫，下摆扎进牛仔裤里，站在校门口的一棵树下等她。他的样子潇洒气派，就像个大城市来的人。经过的学生都忍不住去打量他。她心里突然感到那么踏实、骄傲，感到哥哥就是她的依靠，有他在，她什么都不用怕。

"你怎么来了？"她像只小鸟一样雀跃地跑过去。

"今天店里没多少生意，我想到很久没来接你，就过来了。"

"你没有骑车？"

"没有。你也别骑车了，咱俩走走路，好好说说话。"

他陪她把车子又推回学校，锁在车棚里。

"我带你去吃宵夜。"哥哥说。

"吃宵夜？"她高兴坏了，好像"宵夜"这个词就让她兴奋。她家里从没有临睡前吃东西的习惯，也没有人对她说过"去吃宵夜"这样的话。

柏油路面上仍有一点儿白日的余热往上蒸，但空气凉下来，游丝般的风吹过路边大树的树梢。夏天的夜晚，街上人还很多，两边民房的门口也坐着不少摇着蒲扇、纳凉闲聊的人。低沉的、嗡嗡的人声也让她感到兴奋，她亲热地挎着哥哥的胳膊走着，感觉又回到了兄妹俩一起在麦地里奔跑、躺在一张床上说着话入睡的时候……

"哥，你喜欢长大吗？"她问他。

他想了想，含糊其词地说："说不上喜欢，也说不上不喜欢。"

"我不喜欢。"她说。

"怎么了？"哥哥停下来看看她，说，"有什么不高兴的事儿？"

"也没有。就是觉得以前更好。"

"你才多大啊？就开始怀旧了。"他笑话她说。

过一会儿，哥哥又说："不管想不想，都长成大姑娘了。反正长大也有长大的好。"他说完却长长地叹了口气。

他们一路从县城北边的高中走到南边的人民广场。广场是新建的，中央还有个女娲补天的雕像，在雕像下面的圆形基座上，坐了一圈纳凉的人。靠西边有几个夜市摊子，卖烧烤的、小炒的、砂锅面的，个个香气扑鼻、烟雾缭绕。他们在一个烧烤摊儿后面的小桌上坐下来，哥哥叫了烤羊肉串和茶叶蛋，还有两瓶啤酒。"尝尝。"他给她倒了满满一杯啤酒，白色的泡沫从金色的液体里溢出来。她没有喝过啤酒。"就着羊肉串喝啤酒，你肯定喜欢。"哥哥说。她喝了一口，被它极其古怪的味道震惊了。"怎么样？"哥哥问她。"说不上来，就像刷锅水的味道。"她咧着嘴、苦着脸说。哥哥笑了，说："等会儿再试试，刚开始会不习惯，习惯了会觉得真爽。"过一会儿，她像是真的隐约回味出来一点儿什么，似乎是一种特别古怪的、带一点儿香味的苦，就自己拿起杯子又喝了一口。

哥哥问她有没有想过将来考学的事，她说觉得考不上。"考不上也不用怕，"哥哥说，"总能找到事儿干，再不行就去我店里卖卡带。"哥哥还告诉她，他以后打算扩大店面，到时候再进些录音机、音响来卖，大件东西的利润也大。后来，哥哥问学校里有没有人欺负她。"没有。"她说。他迟疑了一下，又问："有不三不四的人追你吗？""没有。"她说。他有点儿不太相信地看着她，说："如果有人敢对你动歪心思，你告诉我，我收拾他。"

那天晚上，他们聊到很晚，哥哥说了很多对未来的想法。过后，他俩从人民广场走路回家。她很喜欢那种感觉——和哥哥一起吃宵夜、喝啤酒，一起兴奋地说着话散步回家。以至于在那以后很久，她放学后都在校门口左顾右盼，盼望哥哥再来接她。但哥哥的生意似乎越来越忙，交的朋友也越来越多。后来，他晚上也很少回家过夜了，说需要看店。有天晚上，她放了晚自习回家的路上，看见哥哥骑着他那辆新买的白色嘉陵摩托车从街上呼啸而过，车后座上坐着一个穿黑色连衣裙、鬈发的女人。哥哥没看见她，而她也希望他不要看见她。他们已经开过去很久了，她还推着自行车在路边一棵梧桐树下呆呆站着。她脑子里都是后座上那个女人的样子。她根本没看清她的脸，但她想那肯定是个漂亮的、不一般的女人。不知道是为哥哥高兴，还是自己的心灵受到了某种说不清的强烈刺激，她的眼睛模糊了。

2

一九八五年夏天的某个晚上，她放学回到家，一进院子，就听见母亲的哭声。那哭声不像平时，格外凄厉，她第一个预感是父亲死了。她跑进堂屋时，母亲抬头看了她一眼，突然捂住脸，身子扑倒在沙发上，哭得更厉害了。这时，她听见父亲在里屋剧烈地咳嗽，咳嗽的间歇，发出一种含混的、呻吟般的凄惨叫声。"出什么事儿了？"她惊恐地问母亲，母亲泣不成声。她又跑到里间趴在父亲的床头，给他揉胸口。剧烈的咳嗽和气喘过后，父亲什么都不愿说，只是睁大两眼，绝望地盯住三角形屋顶当中那根赤裸的木头横梁。

哥哥是在那天上午被警察从店里抓走的。他们说他那辆嘉陵摩托车是从外地偷来的，他的罪名还包括私藏黄色录像带……她的父母悲恸得卧床不起，只有何丽想到应该给哥哥送些衣物。第二天，她没去上学，收拾了几件干净衣服和一双布鞋，还拿了一条毛毯，去公安局打听哥哥的消息。当她抱着东西站在公安局院子里等消息时，一些警察找借口跑到院子里看她。她等了很久，终于有个警察出来告诉她，她哥哥关在东关派出所的拘留所，让她去那边找人。她问了路，骑上车子直奔东关派出所。骑到人烟稀少些的路段，刚才在大院里强忍的眼泪决堤般流下来。她停下车子哭，心想，哭吧，现在哭，过了一会儿见到哥哥就不哭了……

到了拘留所，她走进门开着的一间办公室，里面有三个人在打牌，两个穿警服，一个穿便装。她说明来意，那个年长些的警察嘲弄地笑了笑，另一个年轻点儿的面无表情，但他俩都不告诉她该怎么办。她被晾在那里。但她站在门口等着，不走。他们继续打牌。她站在那儿看着他们打完了两局，又开始起第三局的牌。她忍着侮辱，感到双腿发酸发抖。这时，那个穿便装的年轻男人突然把手里的牌一丢，说："不打了，我该走了。行了，这姑娘等这么久了，让她去看看她哥吧。"他说完掏出一盒烟，给两个穿警服的男人一人抛过去一根。警察接过烟，拿桌上的打火机立即点上抽起来。

"你就是何丽？"年长一点儿的那个警察这时问。

"是，我就是想给我哥送点儿东西。"她极力让自己不要哭出来。

年长些的警察从烟雾里眯起眼，瞅了她一会儿。

"还是外国烟够劲儿。"他先对那个发烟男人说，然后转过头对她说，她现在就可以去看她哥了。

年轻警察这时站起身。"乱七八糟的东西不能拿！"他严厉地说，盯住她手里的包裹。

"行啦行啦，装什么铁面无私呢？"穿便装的男人戏谑地说，"你就让人家给她哥送去吧，人家一个姑娘，也不容易。"

年长些的警察笑起来，对小警察说："你学着点儿，李公子这叫怜香惜玉。"

"行了,我得走了,你们继续吧。"那个人说完站起身,还对她友好地笑了一下。

年轻警察带她穿过一条阴暗的、散发着浓重湿气的走道,来到走道尽头左边的一个小房间,让她进去里面等。屋子比走道更阴冷,四壁是粗糙的泥坯墙,没有窗户,中间摆着一张刷成邮政绿的小方桌,桌子两边各摆了一把椅子。她迟疑了一下,在桌子右面那把椅子上坐下来。

听到走道上的脚步声时,她急忙站起身。门被推开了,她看见头发散乱、满脸倦容的哥哥。

警察大声说:"十分钟,有话尽快说。"说完转身出去了。

哥哥穿着他那件浅蓝色T恤衫儿,但它现在又皱又脏,看不出本色。他慢慢走进来,在另一张椅子上颓然坐下来。一夜之间,他好像瘦了、老了。这时她看见他戴着手铐,还看到他手臂上、脸上有伤,再也忍不住哭起来。

哥哥低声而又急促地劝她不要哭。

"只有十分钟,你再哭就没时间了。"他说。

她哽咽着,走过去抱住他的头。

"别碰别碰,说不定我身上有虱子。"他轻声说。

她放开他，又坐回去，把手里那包东西打开给他看。

"里面是两身换洗的衣服，还有毛毯、一双穿着舒服的布鞋。"她说。

"真好，我正需要这些东西，夜里没有盖的东西，挺冷。"

"你还要啥？我再给你送过来。"

"暂时不要啥了……"哥哥看着她，目光悲伤又温柔。他在强忍着眼泪。

"警察……打你了？"她小声问，又啜泣起来。

"不是，是其他犯人。"他也压低声音说，"进来都会先吃点儿苦头。"

"别哭了，傻丫头，你把时间都哭跑了。你放心，真打架，哥也不会吃亏。"他挤出一个笑容。

"他们肯定……冤枉你！"她说。

"没有。"

她怔住了。

他像是怕她不信，又说："摩托车是我偷的，录像带也是我放的。该怎么判就怎么判吧，你叫爸妈别费劲了，没用，咱家也没有钱活动……你回去叫咱妈去我屋里床底下的衣服箱子里翻一翻，还有一点儿钱，别乱花，留着给爸看病。"

他俩沉默半晌。

"爸妈都还好？"哥哥问。

"都没事儿，在家等消息。"她不敢说别的。

"那就好。"哥哥叹了口气，"我就怕他们太担心，爸的身体……"他没说完，眼睛湿了。

"还有一分钟！"警察在门外喊了一声。

"家里都靠你了，小丽，照顾好爸妈。哥对不起你！"他说完站起身。

"哥！"她喊了一声，冲过去抓住他被铐起来的两只手。他仿佛受了很大的惊吓，也许是出于羞耻心，猛地甩开她的手。

门被推开了，看到两个泪流满面的人站着一动不动，警察好像也吃了一惊。然后，哥哥被带走了。

在派出所门外，一辆黑色轿车靠路边停着。她骑上自行车沿东西街回家，骑了一会儿，意识到那辆黑车跟在后面。她慢下来，那辆车也慢下来。那时县城的街上几乎没有小轿车，空荡荡的街上，只有这么一辆车跟着她。她害怕了，靠路边停下，想等它开过去。但它似乎故意戏弄她，也在后面停下来。她又突然跨上车，飞快地往前蹬。但车也开动了，仍然跟着她。当她又一次在路边停住时，它终于从她身边缓缓开过去。从打开的车窗里，她看见刚才在拘留所办公室里遇到的那个穿便装的男人。

3

哥哥被判刑六年，关在东关监狱。判决出来，他们的心情反倒都平静下来，只等他服完刑出狱。何丽再也没有心思读书，从高中辍学了。因为家里困难，她没在家待几天就去找工作。刚好有南方人在城南投资的鞋厂在招工，她去应聘，被安排在鞋厂的夹帮成型车间。这个车间里弥漫着刺鼻的胶黏剂的味道，人从里面工作几小时出来，浑身都是熟皮子和黏胶的气味。但她的工种是计件收费，她的手灵巧，干得卖力，就能多挣些钱。

不上班时，她仍像过去一样经常出入医院，给父亲拿药，陪父亲做检查。每隔十天半月，她就去监狱看哥哥。慢慢地，她和东关派出所和监狱的几个警察都熟悉了。她第一次认识到长得美是可以换取些好东西的。譬如，她知道如果狱警喜欢她，也会对她哥哥多加照顾。于是，她对每个狱警都温柔客气，努力得到他们的好感。别的犯人家属不能送进监狱里的东西，她都能托他们送进去。

她后来得知那天在派出所遇见的男人叫李成光，他是绰号"财神爷"的县财政局局长的三公子。在"财神爷"的三个儿子里，他最小，也最不成器。他的大哥二哥都已经从政，大哥在县委宣传部，二哥在乡里挂职锻炼，只有他天天开着一辆黑色桑塔纳轿车在县城里到处闲逛，交了一堆各行各业的朋友，没事儿就找人打牌、喝酒，是有名的浪荡公子。那次从派出所出来，是他第一次开车跟踪她。她后来去鞋厂上班以后，那辆黑色轿车开始更频繁地跟踪她：在她上下班的路上、去医院的路上、去监狱的路上……通常只有他一个人在车上，但偶尔也有别的人在车上——那样的话她会听到那些人的嬉笑声，听到有人故意打开车窗大声喊她的名字，她还听到李笑着制止他们。浪荡子对何丽的"追求"，很快传遍了全城。人们一方面觉得这件事天经地义——最有钱人家的孩子追求长得最美的女人，另一方面又觉得不可能，因为门不当户不对，更何况何丽的哥哥是个服刑犯。

一开始，李的跟踪让她害怕，尤其是当他和其他人一起时，那些人的嬉闹、轻浮让她又气又怕。但当她发现厂里的其他女工几乎都因此羡慕甚至嫉妒她时，当她听到她们议论那个人多好看多有派头时，她又觉得他并不那么可怕了。有时她还想到，如果真和他好了，也许哥哥能早点儿出狱，她的父母能过得好一点儿……李跟踪她很久，却没能和她搭上话。他叫她，她或者装没听见，或者敷衍地答一句就赶快逃走。她对男女关系的观念还是顽固又保守的。除此之外，她的生活还算平静。

不过，这平静的生活没能持续多久。一九八六年秋天，哥哥的事急转直下。家人得到通知，哥哥犯下的盗窃和流氓罪经重新审理，改判死刑。她赶去监狱，去问她熟悉的狱警老杨、老赵……他们一个个脸色凝重，只是摇头叹息，说完全想不到会这样，但这是上面的决定，他们全都帮不了她。她恍恍惚惚地从监狱的大门里走出来，想到了那个开黑色轿车的人。

她骑着自行车跑遍全城，想找到那辆黑色桑塔纳。后来，她看到它停在税务局外面的树荫下，但车里没有人。

她就在那儿等，等了将近一个小时，终于看到那个人从税务局的红砖大楼里出来，朝他的车走过来。他看到她，朝她摆摆手。等他走到车这边，她还没有开口，他就说："刚才有人说在门口看见你了，我就知道你在找我，是因为你哥的事儿吧？我也听说了。"他皱着眉头看她，显得心事重重。然后，他低声说："没想到会这么倒霉，赶到这风头上……"

"还有办法吗？"她急切地问，一开口眼泪就不争气地往下掉。她不能想象死刑。他们可以判他十年、二十年，或者无期……她都能接受，但她不能想象他们要立即让他死。

"这……不好说。要不你坐车里，我们找个地方说？"李试探地问。

她顾不上害羞，也顾不上街上路过的人在看着他俩，就把自行车锁在路边的树下。他帮她拉开副驾驶座的车门，她迟疑了一下，坐进去。他发动车子，沿着往西出城的路开。她一动不动地坐着，也不说话。刚上车时，她原本想坐在后座，但她不想让他难堪。她想，她不认识任何有权有势的人，现在只有这个人才有可能救她哥哥。有一刹那,她甚至决绝地想,她从此会把羞耻心全抛开,只要哥哥能不死,就算这个人现在停下车夺走她的童贞,就算他往后天天要她陪睡,她也不会说一个"不"字……李这时看起来很严肃,只是沉默着把车往乡下开,一直开出城外将近二十里,停在了颍河上那座水闸旁边。

"这里清净些,方便说话。"他说。

她等着。

"是不是一直哭?眼睛又红又肿。"他看着她,关切地问。

她低下头,没说话。

他叹了口气,对她说:"现在正是严打收尾,估计地方都要上报结果了,每个县、市要抓到多少个重大犯罪分子,有多少……死刑犯,所以我猜是赶上这个不好的节骨点儿了。"

"可我哥哥都已经判过了,判了六年……"

"我知道。但这个时候,刑罚都按最重的来,死刑现在都不需要省法院批,市里、县里就能自己判。"

"我哥的……死刑是咱县判的?"

"要是咱县判的,那就好办了。不过,也可能是市里压下来的硬任务。譬如每个县十个,但咱县今年没有十个死刑犯,那怎么办?只能从其他犯人里挑罪行比较重的、性质比较恶劣的,补上去。"

"我哥只是偷了一辆摩托车……"

他无奈地说:"所以也真是倒霉!"

"你能帮我想办法吗?"她擦擦泪,仰起脸问他。

"我肯定尽力……但我也没法保证。"他看着她说。他的神情凝重、透着疼惜,他是真关心她,但他的目光也不受控制地扫向她的脸、她的脖颈、她的胸。他发现当她近在咫尺时,比他过去想象的还要动人。她垂下了眼帘,眼里的亮光突然收起,黑沉沉的、容易受惊的睫毛就像在她的脸上投下一层柔和的、惹人怜爱的阴影。他想,这就是一只受了惊吓的、需要人保护的小猫。

"你的事,我能办到的都会去办。"他强调说。

"那……先谢谢你。"她说。

然后,他俩都没有话说了。车里安静得让她害怕。她听见水闸下面河水流动的声音,也听得见他的呼吸声。在她目力所及的河上、田野和树林里,没有一个人。正午的阳光白晃晃地照在河流和田野上,使一切仿佛裹在一层明亮的烟尘里。

"如果不是因为你哥的事,你大概永远不会主动来找我?"他问。

"可能。"她如实回答。

"你真的就那么烦我?"他说着,突然伸过一只手抓住她的左手。

她的手猛地抖动一下,想挣脱出来,但很快又驯服、安静了。她感觉到他的手很热,掌心里汗津津的,而她的手冰凉,也出汗。她把头转过去看车窗外面,身体和那只手一样僵着。

"对不起……我知道现在说这些不是时候,好像是乘人之危。但你知道我一直都喜欢你,我追你不是一天两天了。"他说。

她没说话。

过一会儿,他把她的手轻轻放开了,说:"我送你回去,下午我就去打听这件事。"

两天后,她傍晚下班时看见他的车就停在鞋厂对面的路边。他不像以前那样坐在车里,而是倚着车门站在那儿。她迟疑着是否等会儿才过去,因为正是下班时间,一拨拨工人从厂里出来。但他已经看见她,朝她挥手。她知道他肯定是有重要的消息要告诉她。她把自行车存在厂门口的存车处，走过去问他："要到车里说吗？"他点点头。他们坐进车里，他没有发动车子离开的意思，神情严肃地说："我长话短说吧……"

她从他脸上已经看出了结果，心凉了。

"我昨天去找过公安局的哥们儿了，今天上午又去找了他们副局长，法院的人我也打电话问了……你哥的案子，县里谁都没办法翻。他的罪不光是偷摩托车，主要是那个聚众看黄色录像带。还有……听说你哥和女的发生关系，不止一个女的……这些都是这次严打的重点，很多人就是因为这个枪毙的，不光是咱省，外省也是。"

她听到"枪毙"两个字，一阵晕眩。

他接着说："判决确实是市里压下来的，市里要向省里交差。现在的情况，就算我爸亲自去活动，也没有希望。"

她这时用双手捂着脸，身体向后瘫在座椅上，一动不动。

他好像被吓住了，急促地问："丽丽，你没事儿吧？"

她没回答，她的喉咙像被什么东西堵住了，发不出声，说不出话。

他伸手摸了下她的额头，冰冷，蒙着一层薄薄的汗水。他担心她会不会犯了什么病，他想趁机抱住她，但没敢动。等她放下双手，他看见她脸上流满了泪。

"你没事儿吧？"他又问，掏出自己的手绢递给她。

她没有接他的手绢，像个小孩儿一样拿手背抹去脸上的泪，然后说："我没事儿了。谢谢你，我得回家了。"

他说："对不起，我没能帮上忙。"

"你也尽力了。"她说着拉开车门。

"你把车放厂里吧，我送你回家。"他说。

"不用了。"

"你这样我怕你出事儿。"

"不用了。"

他看见她摇摇晃晃地穿过马路，取出存的车子，她推着自行车走了几步，脚步稍微稳下来，然后骑上车子。他的车一直在她后面慢慢跟着。她知道他跟着她，但没有回头看。

行刑前两天，监狱允许家人探监，破例不再规定探视时间。她和母亲后来一直后悔那天晚上她们哭了太久，并没能对将死的亲人说多少安慰话。他反倒安慰她们说他不害怕,说那就是一闭眼的事儿,很快,不会受罪。他脸色白得发青、眼窝深陷,亮得出奇的眼睛里发出惊惶不定的光,仿佛它已经从这人世间提早游离而去。哥哥说他只有一个要求,就是家里人谁也不要去宣判大会现场和刑场。

"你照顾好爸妈,也保护好你自己。"哥哥临走时最后一句话是对她说的。

行刑那天上午,何丽的哥哥和其他犯人先被警车押送去人民大礼堂前,参加宣判大会。宣判大会结束,非死刑犯被押送回监狱,几个死刑犯则被押往东郊刑场。从大礼堂到刑场,沿途都有夹道的观看者。按照他们答应死者的,何丽和父母都没有去现场。老家来了几个男亲戚,他们在家里等着。晚些时候,有人来通知家人可以去收尸了。一直在哭的母亲听到后叫了一声,昏了过去。男亲戚里的三个壮年汉子去了,他们把死者拉回来的时候,已经用白布把他的头裹起来了。头部缠着层层白布的尸体停放在堂屋中间,夜里,亲戚们有的在院子里,有的在里屋歇下。只有她一个人在屋里的时候,她走过去,把手放在被白布裹住的头上，隔着布，她仿佛能摸到那张被子弹打碎的脸。整个夜里，她在放尸体的床边跪着，握着死者冰冷的、石膏色的手，想把它暖热一点儿。

哥哥被埋葬在西郊的坟场，坟场在一个坡度缓和的土岗子上，哥哥在靠近顶部的地方。坟场没什么人管理，杂草丛生，有些少有人去看顾的坟都被野草吞吃了。她每隔几天就要去看看哥哥，拔掉他坟边新生的杂草。告别那天她没有说的话，现在慢慢都想起来了，对他说了。起初，她经常梦见他，有一次梦见她在街上看到他正匆匆地往前走，她大声喊他，他转过头——果然是他回来了，他对她笑着，竟然是他高中时的样子。另一次她梦见自己走进一间屋子，哥哥竟然在屋里，穿着他喜欢的那件格子衬衫。她高兴得又跳又笑，紧紧抱住他，但过一会儿，她发觉他们脚下有水，水漫进屋子里，越来越深，她拉着他往外走，但他不动……她最常梦到的还是他俩在金黄色的麦地里追着、跑着，他的笑脸在她面前晃来晃去，活生生地，就像他没有犯罪，没有长大，没有死……她醒来后，第一个反应就是去摸自己的眼睛，有时候有泪水，有时候没有。慢慢地，这些梦也少了。

4

在她哥哥刚离开的那段时间,那辆黑车也从她的生活里消失了。两三个月后的某天早上,她看到它停在离她家很近的街口。看见她,李成光就从车上下来,径直走到她面前。

"你有一样东西掉在我车上了,我过来还给你。"他说。

她看见他手心里那个黑色的、顶端带一粒假珍珠的发卡,是她的东西。

"什么时候掉的?这个小东西你还放着?"她不好意思地说,伸手想拿回发卡。

但李突然合上手:"你说是一个小东西,如果你不稀罕,我就还放着。"

她的脸唰地红了,又不愿在街上和他纠缠,说:"你想放着就放着吧。"她说完要走,他却伸手拉住她的自行车后座。

"我等了快一个小时了,不能说几句话再走吗?"他说。

"说什么?"她喃喃地问。

"前段时间我不在家,我出了趟门……其实是我觉得没脸见你,我什么忙都没帮上。"他说。

"一点儿也不怪你,命就是这样。"她说,推着车子往前慢慢走着。

"家里的事都处理好了?有需要我帮忙的吗?"他一边问,一边跟着她的自行车往前走。

"没有……我得去上班了。"她对他说。

"晚上我还在这儿等你。"

"你别再来了,别人会说闲话的。"

"你不出来我就一直等。"他说。

晚饭后她迅速收拾好厨房,照顾父亲吃了药,坐在堂屋里打毛衣。她已经决定不出去会他,却有些坐立不安。八点多钟的时候,她出去看了一眼,看见他的车。九点半,准备睡觉前,她又出去,看到它仍然停在路边。她想如果它一直停在那儿,邻居们注意到更会说闲话……她觉得应该去劝他离开。她确定父母都睡着了,就悄悄溜出院子。她刚走到街上,他就从车里跳下来。

"我就知道,你不会让我一直傻等。"他说,温暖地笑着。

"我很快就得回去，太晚了。"

"五分钟，说五分钟话行吧？"

她点点头。

"坐车里说？"他问她。

她摇摇头。

"好，听你的。"他说，把拉开的车门又关上了。

然后他们面对面站在那儿，相互看着，突然都感到害臊。

"你要说什么？说吧。"她说。

"说我喜欢你……"

"你要这样我就走了。"

他赶紧说："你不想听，好吧，好吧，那就说我这段时间去哪儿了。"

"去哪儿了？"

"去省城我姨夫家住了一阵儿，然后，和我姨夫一家人去了新疆。"

"新疆好吗？"她好奇地问，她去的最远的地方只是几十公里外的市里。

"风景很好，大山、草原，但我心里一直想着你。"

她从未听过别人当面对她说这种话,脸烧得发烫。

这时,他从口袋里掏出一个小绸布包:"有个东西送给你,我在新疆买的。"

"什么?"她问。

"一个小坠子。听说那边的和田玉还不错,就买了一个,说是玉能保平安。"

"我不要。我不戴项链。"她推托。

但他拉过她的手,把那个绸布包塞到她手里。

"你送我一个发卡,我送给你一个坠子。"他说。

她惊魂未定地摸回她的小屋里,在床上坐下来,手里还紧握着那个东西。她在黑暗里坐了好一会儿,才想到应该拉开屋里的灯。后来,她小心翼翼地打开布包,里面是一个玉佛吊坠。她轻轻地抚摸它,它摸起来柔润凉滑。

隔一天的夜晚,他又来了。像第一次一样,她只能等父母睡下后偷偷溜出去。虽然城郊居民都睡得早,但她还是担心会被邻居看见。她对他说以后不要再来了。他问为什么。

"我怕别人会说闲话。"

"当了我女朋友,什么都不用怕。"他自负地说。

"可是，我哥刚走几个月，我现在还不想谈恋爱。"

"我知道。我等你，等你心情恢复了，反正都等这么久了。"

他俩站在路边昏暗的地方说了一会儿话。送她回去的时候，他走得离她那么近，不时碰到她的肩膀、手臂。

到了她家门口，他们站住了。

"那我进去了。"她对他低声说。

就在她转身推门时，他突然把她拉回来，他的手抱住她，脸贴过来想吻她。她猛地扭过脸，他只擦到她的脸颊和耳朵。

"喜欢你，喜欢得受不了。"他压低声音，热切地说。

"你再这样我真生气了。"她想让自己听上去很凶、很难惹，但她听到自己的声音却是慌乱、发抖的。

"不会，你会喜欢的。"他说，但他还是放开她，让她走了。

她推门进去，背靠着门，在黑暗的门楼下站了一会儿，好让怦怦狂跳的心平息下来。她想哭，似乎是因为太羞惭、惊慌失措，似乎又因为一种极度新鲜、强大、咄咄逼人的快乐……她朝院子里走去，淡白的月光斜照，照得地上像有浅浅的一摊水。在月光里,她看见一个人影在靠近柿子树的地方定定地站着。她惊呼了一声。

"谁?"母亲的声音从里屋传来。

那个薄薄的、透明的影子消失了,像是蓦地溶解在月光里。

她站着一动不动,后悔自己惊叫,把他吓走了。

然后,她听见母亲下床的声音。

"怎么了?"母亲打开堂屋的门,看见她呆立在院子中间。

"我刚才好像……看见哥了。"她说。

母亲没说话,但她的眼睛也在院子里四处搜寻。过一会儿,她长叹了口气,对女儿说:"你是想你哥想的,去睡吧。"

5

在过了难熬的"等待期"以后,李成光正式开始了对何丽的狂热追求。他约她一起去看电影,带她去偏僻的城墙上、郊区的树林里散步,他送给她一辆新的凤凰牌女式斜梁自行车，有时干脆亲自开车接送她上下班。有一天，有人把一套新沙发、组合柜拉到她家里……她现在默许他拉她的手、亲她甚至抚摸她，但始终不肯和他发生关系。她知道她不愿意只是因为恐惧，怕父母知道了发怒，怕人们知道了唾弃，怕自己失去了贞操再被抛弃。

尽管如此，她仍然害怕父母、周围的人看出她身上的变化。她想如果一个女孩儿被一个男人抱过、亲过，她的样子肯定会变；她想男人和女人间的亲热肯定是有痕迹的，甚至是有气味儿的，因为他身上的气味儿会沾染到她身上；她想她应该感到厌恶、应该悔恨交加啊，但她却没有，于是她更羞愧了。她现在夜里经常难以入眠，他在不同时候的不同样子，他说过的话、做过的动作，常常在她脑海里混搅成一片，令她迷乱。但失眠的夜晚过去，早上起来，她非但没有憔悴，反而更美了，那双大而羞涩的眼睛出奇地亮，嘴唇像是等待亲吻或刚被吻过一样柔润，似乎她心里那不好的念想给她的皮肤、头发都涂上了一层多情的桃色光泽。她觉得这是件可怕、堕落的事：她好像喜欢他握住她的手，喜欢他突然的激动和亲热，他那些温柔又无赖的话……这些东西里有一种令人眩晕的快乐，有她不曾品尝过的温柔甜蜜。

如今，县城里的人都知道她已经成了李成光的女朋友，每个人都觉得她终于苦尽甘来，除了她母亲。她母亲的态度喜忧参半，甚至忧虑还更多些。她经常问女儿一个问题："他打算什么时候到家里来提亲？"她把母亲的忧虑转告了李，李赌咒发誓说除了她谁都不会娶，但他需要时间说服他父母，他说他父母对她没有看法，只是因为她哥哥的事还有些犹豫。

那年春节年初二，李成光作为未来女婿来她家走亲戚了。他带了好几箱符合他身份的高档礼物，中午还留下来吃饭。她母亲过后总算放心了一些，说这孩子看起来挺懂事的，而且既然来走亲戚，说明是有诚意结亲的。但过了段时间，她母亲又改变了想法，对她说："孩子露面了是孩子的心意，大人没有露面没有开口，这事儿还是没有准儿。"她不敢提他父母对哥哥有看法，只能推说他父亲太忙，他还没顾着和他父亲商量这件事。"家里不同意，什么时候都不能算真定下来。"母亲对她说。

元宵节过后不久，她休班的一天，他说带她去见个好朋友。他们开车到了县城最西边那个镇，他朋友在镇里的高中当老师。他们在他的住处一起吃午饭,朋友说天冷要喝点儿酒暖身子。饭后他们一起打了会儿牌,然后他朋友说有事去办,就离开了。那是一间单身宿舍,收拾得干净整洁,靠窗的地方放着一个取暖的小铁煤炉。朋友走后,他俩坐在煤炉边取暖,他把她的双手紧紧握在自己手里暖着,问她:"冷吧?手这么凉。"他痴迷地看着她,捏她的脸蛋,说她喝一点儿酒脸就红得像桃花。她说她真不该喝酒,有点儿头晕。他这时过来抱住她,说她应该躺到床上去。她叫他不要这样,说他朋友随时会回来。"他不会回来了。"他笃定地说。

最后,他把她推到那张单人床上。她没有太抗拒,被他脱光了衣裳。赤身裸体的她冷得直打哆嗦,但他火热的身体立即包裹住她。很快,紧张和疼痛又让她出了一身汗。他很激动,但看起来完全知道怎么做,她想到他肯定已经和别的女人做过这种事了。结束以后,他叫她躺着不要动,他倒了些温水给她擦下身,然后把她扶起来,让她靠着自己坐,说她现在才真正是他的女人了。她想,他到底是个温柔的男人。她看见床单上好几处染上了血。他让她不用担心,说他和朋友说过了,他会收拾的。"你们俩早就商量好了？"她惊讶地问。"你想多了。"他说。

后来，她想到自己委身于李的一个原因是他来她家走过亲戚了，这让她相信他们早晚会结婚。另一方面，她确实没有力气抵抗了，她抵抗得太久，已经疲倦了。几次之后，当疼痛感减弱，她开始喜欢那种肉体的快乐。但李的欲望太强，开始不顾她的羞耻感，带她去外面的旅馆开房；有时他突然叫上她，把车开到偏僻的地方，把她弄到后座上。渐渐地，他对待她也随便起来，带她和他的哥们儿吃饭见面，戏称他俩是老夫老妻。

端午节、中秋节，李成光仍然搬着大箱小箱的礼物来走亲戚，但他的父母一直没有露面，也没有托人来说亲。她又问过他几次，他说还没做好父亲的思想工作，说老头儿太固执，还得再等等。第二年的春节年初二，他们等了一上午，李没有来。过了十二点半，她对爸妈说别等了，先吃吧。他俩什么都没问，但那种闪避的目光、刻意的沉默更让她受不了。下午，她硬着头皮去李成光家里找他，他母亲冷淡地说他出远门办事儿了。过后的几天，她到处留意着，他的车果真在城里消失了。

已经过了大年初十，他来找她，说对不起，他母亲临时非要他去外面办事儿。她不信,说有什么急事儿需要大过年的时候去办呢。问得急了,他说是他母亲故意安排的,他俩的事儿他父母始终不同意。她什么都没说,甚至没有骂他一句,就转身走了。过了几天,他去厂里和家里找她,她都不理睬他。上下班的时候,她叫上厂里的女友一起,好避开他。

这样冷战了两个多月,有天中午下着雨,天冷得又像是回到了冬天。她打伞步行回家的路上,被他强拉进车里。不管她在车里怎么打他,他都不停,一直开到城南一栋新盖的两层小楼外面。

那两层楼的房子里除了一张床、一套高低组合柜,还是空的。进去以后,他直接要做那件事,她不愿意,要他先说清楚两个人的关系怎么办。他一句也不回答,只是倔强地、一个劲儿地扯她的衣服。他们俩被雨淋了,像两条又湿又冷的鱼。做爱的时候,他什么话都没说。最后突然冒出来一句狠话,说干脆把她弄死算了,干脆两人都死算了。

新房里阴冷得很。两个人躺在铺着硬硬的席梦思床垫的大床上，在散发着浓重潮气的新被子下面抱在一起，她注意到那条被子的被面是大红的绸缎。李成光红着眼圈说没有办法了，父母那边完全说不通，威胁要和他断绝关系。她叹了口气，说其实猜到早晚会这样。两个人都流了泪。后来，他对她说也有个好消息，他父亲答应把她的工作安排了。她诧异地说："你从没有和我说过。"他说："因为我害怕办不到。以前老头子死活不给办，他恨我不听他的话。前几天我们谈好了，我要他把你安排到县城关财政所，正式工，如果他能办到，我就不再找你。他答应了。你今后不用再待在那个乌烟瘴气的破厂里了。"他们又在床上躺了一会儿，长久沉默。雨水顺着还没有张挂窗帘的窗玻璃一道道蜿蜒地流下来，留下条条灰色印迹，最后洇成湿淋淋的一片。窗外的天色暗下来。"我要回家了。"她猛地坐起身说。他也坐起来，默默地帮她穿好衣服。

　　她到家时天已经黑透了，她身上的衣服也被雨淋湿了。母亲一个人坐在饭桌前，听见她进屋，眼皮也不抬。但等她在桌边小心地坐下、对母亲说以后不用等她等到这么晚时，母亲突然发火了，把一碗米汤扫到地上，问她还要不要脸面，整天在外面野……她默默蹲下身，收拾打翻在地上的东西。突然,她听到父亲在里间喊她。她擦干净手,走进去。父亲拉住她的手,让她在床边坐下歇一会儿。他们听见母亲在外间呜咽着哭起来,父亲安慰她说:"你是个好孩子。别怪你妈,她也是怕你吃亏……"

很多天里,她都以为李成光还会回来找她,但他再也没有出现。在县城的每条街道上,她也找不到他的车,他就像从她的世界里彻底消失了一样。她猜想他父母又把他打发去远地方了。没有了那个人和他的车,县城像是完全变了个地方,冷酷,荒凉。她觉得每个人都用不屑的、幸灾乐祸的眼光看她,她并不怕那些刀子般的目光,想到他们怀疑的都是真的,那个人走了,不要她了,她才觉得心如刀割。她还在想他,她不相信两个人那样好过以后还能分开。在他失踪的那段时间,她又偷偷去做了流产,这是她第三次做流产。夏天来到,李成光又在街上出现了。但他看见她,只是客气地打个招呼。

国庆节,李成光结婚了。他那年二十六岁,在县城里已算晚婚,他母亲对人说他都是被何丽迷惑、耽误了。何丽后来知道,李带她去的那栋两层小楼,就是家里给他准备的婚房。那段时间,县城里的人同时热议着两个话题:

一个是李家婚礼的豪华排场，另一个是何丽如何被李成光玩弄了将近三年后又被无情抛弃。

在她家里，没有人提起李成光。女儿丧失了名誉的羞辱、父母心知肚明却不敢说出口的忧虑，都凝固成沉默、愁闷，笼罩着这个不幸的家庭。直到年末，她突然接到被调去城关财政所的通知，她的父母才再一次提到那个人和他父亲的名字。她能成为国家机关的正式职工，这是他们做梦也没有想到的。母亲说，算李家的人还有一点儿良心。

那是一九八九年底，她刚满二十岁。

6

何丽到财政所上班后，过去西城街上和鞋厂相识的小姐妹都和她疏远了。她也知道，有些不积口德的还在背后说她这个工作是睡出来的。而财政所的那些女孩儿也不大愿意和她交往，因为她不像她们，父母都是机关人员，也因为她的"来历"。只有老所长对她很照顾，特意给她安排些轻松、容易上手的工作，因为他是李的父亲提拔上来的。那段时间，她没什么朋友，更孤僻、沉默寡言，外人看来，反觉得她更冷傲，笑话说她被男人甩了还这么傲。仿佛为了示威，她花了不少工资买衣服，让自己打扮得时髦漂亮。于是，那些人又有了新的说法，说她是个虚荣、不知廉耻的女人。

和少女时代比，她的美貌有增无减。不正经的男人们还说，被男人碰过又落空的女人都有一种特别的味儿。但不管多少人对她暗中垂涎，公开追求她的正经男人并不多。在封闭的小城里，每个人都知道她和李成光的情史，她成了人们所说的"二手货"，娶她等于公开戴绿帽子。

一些不三不四的男人却依然围着她转，给她带来许多困扰。有一回，她去常去的诊所看病，那个结了婚的男医生拿着听诊器伸进她的衣服里听。他听着听着，眼睛越过她的肩膀直瞪瞪地看着前面，仿佛呆住了。他听了很久，手按住听诊器在她的胸部挪来挪去，她甚至听见他越来越急促的喘气声。她觉得不对，让他把手拿开。但他这时突然丢下听诊器，跪到地上，把头贴到她胸脯上，说她实在太美了，她的乳房太美了，他想她想得发疯。她吓得一把推开他跑出去……还有一次，她帮母亲关了杂货铺回家，两个男人从店门外一直跟着她。他们叫她，说有话要和她说。她不愿停下来,他们就拦住她。一个男人伸手摸她的脸,她躲开、骂他。那男人恬不知耻地说:"装什么正经?被姓李的睡了多少次了?我摸一下怎么了?"幸好有两个人骑着自行车经过,她大声喊,他俩才跑了。最让她害怕的那次,傍晚下着大雨,一个阴沉猥琐、疯子一样的男人追着她的自行车跑,说些污秽不堪的话。她不敢回家,把车子一直骑到公安局大院。在那里,她找了个警察,警察陪她出来,那个人不见了……这样的遭遇太多,让她出门时提心吊胆。

进入九十年代,城里的风气也变了。街上有了一家温州人开的新式发廊,街头到处播放着王杰、赵传、童安格等港台歌星的歌;老十字街口的国营饭店、国营百货大楼都已经倒闭了。但在县城的东南,新建的青龙岗商业街里私营商店鳞次栉比,生意火爆,店主们去武汉汉正街进货,穿着时髦,为自己商店做广告;看电影的人少多了,因为影院附近开了两三家录像厅,二十四小时放映着最新港片。在东郊,废弃的粮库被改造成了迪斯科舞厅,里面竟然来了几个陪唱陪跳的外地小姐……何丽感慨地想,哥哥如果活在今天，他肯定不会死，因为害他被枪毙的罪已经不算什么罪了。

某段时间，县城里旋风般地流行起交谊舞，街头小巷的空地、每个广场都成了大家跳舞的地方，很多人下班吃过饭就出去跳舞。旋转的投影彩灯、流行歌曲改编成的慢板舞曲、男人们故作郑重昂首挺胸的姿态、女人们裙裾漫飞的舒缓舞步，成了县城里的寻常风景。一九九二年夏天，何丽也常和所里的同事一起去跳舞。她去哪个舞池，哪里就会有很多男人排队邀她跳舞。

有天晚上，一个高个子的年轻男人朝她走过来，对她说："何丽，你还认得我吗？"她觉得他确实有点儿面熟，但一时想不起名字。他微微一笑，向她伸出手说："孙向东，你的老同学。"然后他介绍说他初中时读的也是二中，初三和她同班，她那时坐在第三排，他坐在第五排。她又仔细打量他，似乎想起来有这么一个瘦小、害羞的男孩儿，桌子上总是高高堆着两摞书，把自己藏在书后面。她还想起来有时她朝后看，碰巧他也抬起头，他们的眼神碰在一起，他就会马上低下头……他现在俊朗、大方，像是完全变了个人。

他邀请她跳舞。她发现他舞跳得很好。

"怎么这些年没见过你？"她说。

"我在街上看见过你很多次。有时候你坐在车里，看不见我。"他说。

她红着脸低下头。

他察觉到自己说错了话，又说："其实我大部分时间也在外面。高中毕业后去当了兵，回来后分配在武装部，工作一段时间后又去省城警校深造了两年，这次回县里还不到一年。"

"挺好啊，这么努力，上了大学。"她笑着说。

"是大专。"他纠正她说。

"现在在公安局上班？"

"对，在刑警大队。"他说。

那天晚上他一直和她跳舞。休息间歇，他给她和她的女同事们买玻璃瓶装的橘子汽水，陪她们聊天。后来，和她同来的两个女同事过来问她要不要一起回家时，他问她家是不是还住西关，说那样的话他刚好顺路。两个女同事交换眼色，诡秘地笑着说她们先走啦。离开舞场后，她问他家究竟住在哪儿，真的顺路吗？他说县城这么小，去哪里都算顺路。

他们走着聊着,一起回忆初中时的人和事。她心情特别愉快,仿佛一下回到了那个无忧无虑的年纪。走在西关行人稀少、路灯稀落的小街上,她说每次都得叫同事一起回家,因为一个人走到这里会害怕,遇到过跟踪的流氓。他说从今以后她就不用害怕了,遇到什么事儿只管告诉他,因为他是警察,还说以后他要在这一带义务巡逻。她被他逗笑了。她说他和初中时候比,变多了。他说感谢她还记得他初中时候的样子。在她家门外,他从口袋里掏出便条纸和笔,给她写下一串号码,说那是他的 BP 机号,让她有什么事儿随时给他打传呼。

她再去跳舞时常在舞场遇见他。只要她在,他就只和她跳舞。他也很霸道,不给其他男人邀请她跳舞的空当。跳完舞,他就送她回家。如果她骑了自行车,他就骑她的车载她;如果她没骑车,他就和她一起散步回家。有一次,她问他为什么出来不骑车,他说这样送她回家就可以走得久一点。她说她才不信,他出来是跳舞的,又不是专门要送她回家。他问她,难道以为每次跳舞都能遇见是巧合,"明明是我暗地里跟踪,以前学的侦查本领都用上了。"他说。惹得她大笑。过后,她自己去跳舞也不骑车了。

回去路上,他俩慢慢走着,随便聊着天儿。有一次,孙向东提起他初中时给她写过信,说她肯定忘了,因为太多人给她写信。她确实不记得。他说他的信最后署名是红色的,那可不是他用红墨水写的,是他咬破手用血写的。她大吃一惊。"那时候就是很愣,"他说,"不知道怎么表达,就干这种事儿,觉得这样会让自己与众不同。"她想到,也许那封信就是她看都没看就撕碎扔掉的一封,心里突然很疼惜他。另一次,他说当兵时好像每个人都有个女朋友可想,但他没有,所以他就常常想她。"随便乱拉个人。"她嗔怪道。他嘿嘿一笑,也不辩解。和孙向东在一起,她感到踏实、快乐,连呼吸也是清新舒畅的,不再担忧任何别的人来烦扰她、侵犯她。

于是,在那个溽热、风行跳舞的夏天,县城的居民又有了新的桃色话题可以谈论:刑警队的孙向东和何丽跳舞跳到了一起。"跳到了一起",他们就是这么说的。很多男人真正关心的是孙向东是不是已经睡了何丽,还有一些人在猜测他对这个众所周知被人玩过的女人究竟是不是动真格儿的。他们推断说,男人嘛,看见好看的女人都会色迷心窝,但玩够了,心瘾淡了,就会抛弃,堂堂正正的人,谁愿意娶个二手货?

至于何丽,她对孙向东没有当年对李成光那样的顾虑重重,虽然相处时间不长,但她能感觉到他是什么样的人。她一直放着他写了号码的那张纸条,但从没给他打过传呼。有一天,她内心斗争了很久,终于用家里座机呼了他一下。两三分钟后,他的电话就打了回来。

"这么快?"她惊讶地问。

"是啊,因为一直在等着。"他说。

"等什么?"她故意问。虽然他不在面前,她仍然脸红了,为自己的装腔作势得意又害臊。

"等你给我打传呼啊。"他的声音里透着兴奋。

"哦,也没有其他事儿。你今天晚上……还去跳舞吗?"

"你去我就去。"他说。

到了约好的地方,她看见他穿着警服。他以往来跳舞都穿便装,说穿警服跳舞影响不好。她诧异地问他今天怎么穿警服,他问她今天不跳舞行不行。"那干什么?"她问。"我骑了摩托车来,带你去兜兜风。"他说。

他跨上摩托车,让她在后座坐好。

"你最好抱住我的腰,免得掉下去。"他说。

她照做了,搂住他的腰。

"别骑太快啊!"她嘱咐他。

他骑着摩托车顺南边那条东西街往东去,经过人民广场、人民大礼堂、新建的人民商场,然后在东西街和南北大街交叉的十字路口转向北。摩托车又经过影院、文化馆、一家家临街商店,再从老十字街口转向东,沿北边那条东西街开着……她突然明白了,他故意骑着摩托车在县城里最热闹的街上兜圈子,就是要让人们看见他和她在一起。他骑得一点儿也不快,街上那么多人都在看着他们,她知道这些人还在怀疑,怀疑孙向东对她是不是真心的。于是,她抱他抱得更紧了,还把头靠在他肩膀上,索性让他们看个够。

他们往东开到老化肥厂那里。老厂早已倒闭,她看着那些不再冒烟的黑烟囱,想起父亲还在这里工作时,她和哥哥常到厂院里玩耍,禁不住两眼潮湿。摩托车很快开过去,又经过热电厂、棉毯厂(另一个后来倒闭的国营大厂),直到乡村的边缘。她耳边吹过呼呼的风,她又想起很多年前她在街上看到哥哥骑着摩托车载着一个女人飞驰而过。那时候她还是个中学生,没有恋爱过,也没有被一个男人抛弃过……她想她再也不能犯过去的错误,她要牢牢抓住这个好男人。

在行人稀少的城郊公路上,他骑得更快了。

"凉快吗?"他的声音随着风声吹进她耳朵里。

"很凉快,真舒服。"她喊道。

她的发丝扫过他的脸,她的手温柔地环绕他的腰,他感觉到她柔软的胸部也微微贴着他的背。他有点儿气短了,简直不知道说什么好。

过一会儿,他又问:"害怕不害怕?"

"不怕。"她贴近他耳边说。

"坐稳了,我带你去新环城路兜一圈儿。"

新环城路刚刚修好,还没有装路灯,但路上并不漆黑,因为旷野里还余留着一点儿未尽的天光。天空澄碧,飘浮着丝丝缕缕的薄云,缀着淡淡的新月和稀疏的小星。路上没有一辆车,也没有一个行人。他在一个地方停下来,朝她转过身去,他们什么都没说,就激动地抱在一起。

那些猜测这段感情也会以"始乱终弃"收场的人显然

看错了这名年轻警察。很快,孙向东就提着东西到何丽家里,恭恭敬敬地见了她的父母。后来,人们看见他陪何丽带她父亲去医院看病,陪她给她哥哥上坟,邻居还看到他经常来何丽家干些杂活儿……何丽曾问他是否在乎她哥哥的事,他说他一点儿也不在乎,本来就是判决有问题。她又问他会不会在意她的过去,他说如果他在乎这个的话,又何苦天天找她、追求她。

孙向东就像一只高大的忠犬那样守在她身边,过去那些像肮脏的苍蝇、阴险的狼一样围着她打转儿的不三不四的男人都消失了。她回想和李成光在一起时,她就像一只温驯的、容易受惊吓的小白兔,而现在她是个幸福、自信、安定的女人。不过,她还是留了个心眼儿,无论孙对她多好,也无论这个血气方刚的男人多受情欲的折磨,她都不愿和他跨出男女最私密的那一步。

一九九三年春节,何丽和孙向东结婚了。孙的父亲是老公安,母亲是教师。他们虽然最终同意儿子和何丽结婚,但对她的家庭和情史还是很忌讳,看她的目光总有些异样。为了不让她受委屈,孙向东在单位申请了一套职工家属楼,和父母分开住。他们晚上有时回婆婆那儿吃饭,有时去她父母家吃饭。她母亲那么喜欢女婿，有时含着泪对女儿说："记住，向东是你前世修来的福，要惜福！"

有时候，她也不敢相信这份福气，在发生了那么多事以后，自己还能找到一个爱惜她的人。她只能拼命地对他好。她总是头天晚上就把他第二天上班要穿的警服熨好，把他的皮鞋擦得一尘不染，连袜子也提前帮他放在第二天要穿的皮鞋里。她用手洗他的袜子、内裤、衬衣、毛衣……她连揉搓、漂洗他的衣服时都怀着感情，仿佛那也是一种亲热。她每天给他打传呼留言，让他上班的时候也要想着她。她不太会做菜，而他说自己喜欢炒菜，于是她下班回家，就先把饭或米汤烧好，然后洗菜、切肉，把所有她能提前帮他准备的东西都准备好，他回来后只需要把菜倒进锅里翻炒，做他擅长的调味工作。甚至在他炒菜的时候，她也不愿意离开他，她想陪他一起站在小小的厨房里，随时等待他的召唤。她喜欢帮他拿调味料、把那些瓶瓶罐罐递给他，喜欢他空下来手的时候突然搂住她、亲她一下。这对新婚夫妇一有空就黏在一起。做爱的时候，他放着大音量的音乐，这样，在隔音效果极差的墙的另一面，邻居们就听不到她幸福的呻吟和喊叫。和她爱的、属于她的男人在一起，她才体会到那种肆意的、没有忧虑的肉体欢乐，那是她和李在一起时不曾体会到的。

如同很多家庭幸福、生活安定的女人一样，她胖了一些。脸上那种犹疑、茫然的神情消失了，也不像以往那样沉默寡言，她变得爱说爱笑。女人们开始喜欢她，觉得她变随和了、不冷傲了，男人们则觉得她身上的妇人气更浓郁了，仿佛一股令人醺醉的暖意，一丝诱人的腥甜。但没人敢动她的心思。首先，她丈夫是个佩枪的刑警。此外，那些男人开玩笑说，一个愿意娶名声败坏的女人的男人，肯定是个发了疯的男人。

但日子久了，何丽发现孙向东也有他的问题，他的脾性温柔起来就像天使，但暴躁起来也会失去理智。最能点燃他的爆点的，就是别人对她的议论，而这些说法总是和李、和她那段过去有关。有一次，他回到家，脸色难看，说他在酒桌上遇到了李成光，李竟然还敢向他问起她！他说他当即就把酒杯摔了，要不是那么多人上来拉住他，他肯定上去揍他。

"他可能就是问问。"她不知道怎么劝他。

"我不许他提你的名字，我警告他，他今后不能提你半个字。"他恶狠狠地说。

还有一次,她从别人那儿听说他因为把人打得住了院,被局里处分了。等他回到家,她问他为什么乱打人。他阴郁地盯着她看了一会儿,突然甩门出去。她追出去,他吼着让她走开。她拉住他,质问他为什么这么对她。他一下子失去了理智,猛地把她甩开,让她整个人向后摔倒在水泥楼梯上……在医院里,他抱着她,哭着求她原谅,说他今后再也不会对她动手。她问他究竟打了谁。他说他打的那个人是某学校的教导主任,他根本不认识那个人,但大家在一起喝酒,那个人喝多了,对他说些下流话。"他说了什么?"她问。他一开始不肯说。她一定要他说。他说,那人说当年何丽和李成光去过他的学校宿舍,他还在外面帮着望风……她听了脸色煞白,一言不发。他立即猜到那人说的都是真的。他本来抱着她,这时把她放开了。他冷冷地看着她,一字一顿地说:"下次再见到这个人,他只要再敢提这件事,我还会往死里揍他。"

他的愤怒并不止于听到别人说什么,他甚至也怀疑她。有一天,他回到家就质问她是不是在街上碰见了李成光,还和他聊过天。她想起来她有次确实在街上碰见过李,因为他走过来和她打招呼,他们就说了两句话。他问她都说了什么话,她说就是平常见面打招呼的那些话。他叫她以后不要再和姓李的说话。"都是过去的事儿了,也没有什么深仇大恨……他叫我,我总不能不理睬。"她说。"那你说实话,你是不是也想和他说话?"他咄咄逼人地问。她想缓和气氛,开玩笑说她觉得他这样太居高临下,像在讯问犯人。可他瞬间被激怒了,一脚踢翻了茶几,摆在上面的果盘、茶杯碎了一地。随后他出门了,丢下她和一地狼藉……好在这种时候不多,几乎是他们之间唯一会发生激烈争吵的情况。她知道他并不像他说的那样不在乎,她的过去还是他心里的一根刺,除非再也不去碰这根刺。过后,在街上遇见李成光,她不再和他说话,远远地应一声就赶紧离去。为了避免孙向东的猜疑,她甚至不再和其他男人多说话。

7

真正困扰他们的问题是,在结婚几年以后,他们仍然没有孩子。其间她怀过两次孕,但都意外流产了。她知道为什么，感到过去犯下的错要让她用现在的幸福来抵偿。

她更怕去公婆家里了。公公一直都不怎么和她说话，总是很简略地嗯嗯哈哈地敷衍过去。婆婆是小学教师，平时就喜欢教训人，如今因为她一直不能怀孕，对她越发冷淡，有时还旁敲侧击地说些有关女人身体状况的话。她想婆婆猜到了原因，这更让她无地自容。但丈夫护着她，有时候他妈说话难听，他就和她吵起来。最让她感动的是，他从没有因为孩子的事说过一句让她难受的话。但她能隐隐约约地感觉到他的失望，毕竟他是家里的独子，而且很喜欢小孩儿。有时他同事带孩子来他们家玩儿，她看到丈夫和孩子们玩得特别开心，就觉得亏欠他。

一九九六年的冬天特别冷，父母家的老瓦房屋檐上冻着长长的冰凌，这是好几年都没有见过的情景。他们给两个老人买了个巨大的新式煤炉，这种特制的煤炉有保温饭菜的烤箱，炉子还可以连接水管，烧饭、取暖的同时顺便烧热水。孙向东找人把炉子安装好，把厨房熏黑的墙壁重新粉刷一下，又把窗框已经变形、到处漏风的老旧木窗换成了铝合金窗……他们去看望父母时，经常发现父亲佝偻着背坐在厨房里那个大炉子前面。父亲说他现在比以前怕冷，就爱抱着煤炉，那是家里最暖和的地方。

但父亲还是没能熬过那个冬天。大年初八的晚上，他用热水洗过脚后躺到床上，过一会儿突然咳嗽起来，咳得一口气没接上，就那么走了。说起这件事，她母亲在悲痛的同时又感到欣慰，说人走得快，没有太受罪。

父亲走后，家的感觉也不一样了。尽管父亲多年来都卧病，但他的人毕竟还在那儿，她回到家，就能看到他、听到他的声音，即使是他咳嗽、喘气的声音，也会让她觉得心安，知道最亲的人还在那儿。现在，家不全了，像被砍掉了一块儿，老房子显得那么破落、寂静。母亲也变了，她原本是个爱为小事发愁、唠叨的人，现在话少多了，眼神温和平静。她安慰女儿说她反倒比原先轻松了，说该来的事总会来，以前她的心一直悬着，现在总算放下了。杂货铺不赚什么钱，早已关门，母亲一个人在家，最高兴的事儿就是等女儿女婿来吃饭。她空闲时仍喜欢做酱菜，做好了到处送，给女儿家送，给亲家送，给街坊邻居送。父亲走了没多久，县城又有了新的扩城规划，她家的老房子也被划到西边开街拆迁的范围内。他们劝母亲搬过来和他们一起住，但母亲说自己清净惯了，关节不好，也不想爬楼。她母亲拿着政府补偿的几万块拆迁费，自己又加了些积蓄，在南郊给自己买了套两间平房的小院儿。

父亲去世，母亲搬去了新家，而婆婆在多次带她算卦问医，尝试了中医、西医和无数种民间偏方后，也终于放弃了让她生孩子的念头。她的生活像是尘埃落定了，但周遭的变化却很大。新开的大街，新建的楼盘，迅速把以往她熟悉的那些老街小巷、郊区民房都覆盖了。在靠近北郊的地方，填平了县城最大的天然湖，在上面建了一条新的商业步行街；街上的音像用品店早已不卖磁带和录像带了，新兴的东西叫 VCD；影院永久关闭了，因为大家都开始看碟子，不再去影院，连那个人们熟悉的、灰色的两层建筑也被推倒，在原地兴建了一个三层的超市；手机出现了，仿佛突然之间，BP 机和传呼台都消失了……

丈夫的工作更忙了，因为犯罪案件比以前明显增多。一九九七年，县里发生了轰动一时的"蓝天宾馆案"，三个人在蓝天宾馆叫了一个十六岁的"小姐"，他们三个在轮奸她的过程中迫使她服用了过量春药，最终导致了女孩儿死亡。事发以后，公安局开展扫黄行动，查封了蓝天宾馆和东郊夜总会。但很快，又有各种美发厅、足浴房在各个街道上开张，隐蔽的性服务甚至蔓延到了下面各乡镇。乡村的风气也变了，有南方商人带着现金到县里一个盛产毛皮的乡镇收皮子，被人杀死在旅馆里；还有外地水果贩子去西边乡镇农民那里收苹果，发现收上来的很多箱苹果只有第一层是苹果，下面塞满了碎砖瓦片……

在这期间，她只是断断续续地从别人那里听到些关于李成光的消息。听说他父亲已经退居二线了，他的大哥调去了市委宣传部，另一个哥哥当上了税务局副局长，而他大概知道自己不是从政的材料，下海经商，在市里开电脑公司。他很少在县城的街上出现了，她也因此松了口气。

她母亲没有太多心可操，人也胖起来。因为不再染发，头发迅速变得雪白。一头银丝让她的面相慈柔里有种庄严，越来越像菩萨。她现在唯一担心的是女儿已年过三十仍没有孩子。

"我老了可以指望你们，你老了谁来照顾你啊？"母亲有时叹气说。

"孙向东。"她开玩笑地说。

"唉，向东比你还大半岁。男人老了不一定比女人硬朗，说不定你还得照顾他呢。"母亲说。

"现在又何必想那么远呢？"她说。

她想到母亲本来有两个孩子，可失去了一个，那得多痛苦！所以，她想没有孩子也许并不是坏事儿。没有的东西，就不会失去，也不会痛彻心扉。

新世纪的第一个年头，县里各单位举办合唱比赛。财政系统合唱团让何丽当领唱，领唱也不必独唱，只是站在前面做摆设。合唱比赛的决赛在县城大礼堂举行，当晚除了参赛各单位的合唱，还有中小学文艺汇演。

孙向东那几天本来在市公安局集训，但两地相距不过四五十分钟车程，所以临时决定结束当天的集训后赶回去看妻子的演出，给她个惊喜。那是傍晚七点左右，天刚暗下来，公路上稀落的路灯灯光和路边田野里模糊的天光融合在一起。郊区公路上车辆少，孙向东骑得很快，他心里愉快，还哼着歌。在离县城不到二十里的地方，一辆小货车突然从一侧的村道拐上大路，完全没有注意到正在大路上风驰电掣直行过来的摩托车。孙向东的摩托车被撞进公路边的沟渠里，他被从车上甩出去，摔在十几米开外的公路边缘。救护车赶到事故现场时，判定他已经死亡。

孙向东的父母认定儿子是因何丽而死，葬礼过后，他们都不想再见她。后来，何丽从和丈夫同住了好几年的那套两居室小屋里搬走了，把房子钥匙还给了公婆。他们并没有赶她，是她没法再在那里住下去。她闭上眼，就觉得丈夫回来了。她睁开眼，却发现屋子里空空如也。有时她在屋子里到处找，希望看到他的魂魄突然出现在哪个角落，像过去他在家的时候。想到他躺在公路边上、流血死去的时候，她还在舞台上唱歌，她就痛彻心扉、痛哭失声。她长久地呆坐着，旁边摆着他的照片。照片里，他是个傻笑的幼童、稚气未脱的少年，或者是个英姿飒爽的年轻警察，或者是搂着她、满足地笑着的已婚男人……睡觉的时候，她把自己脱光，睡在他的衣服上或是抱着它，拼命想梦见他。她偶尔也会如愿，但那梦通常是开始幸福、结局悲伤，到最后她总是突然找不到他。也有美好的春梦，梦里，他又和她在一起了，她真真切切地感觉到他结实的身体、闻到他的气味儿、体会着他带给她的潮汐般的快乐，在梦里，她想到他的死才是场噩梦。事情过去很久，她还是不相信丈夫已经死了，她抱着固执的幻想，幻想他有一天会突然出现，幻想某个时候她会突然听见他说话……

一天下午，她没有去上班。她骑着电车，先到哥哥和父亲的坟前清理了杂草,又跑去孙向东的墓地。那是个新墓地,干干净净,没有杂草可拔,她就在那儿坐了很久。临近傍晚时,她恍恍惚惚地跑去了西郊的叶庄桥。桥上刮着风,行人、车辆稀疏,桥下就是荡荡的颍河,远处的河水在夕阳下闪动如碎金,脚下的水流在桥墩处汇成暗色的涡流。人们都说这是一座邪气的桥,过去,不止一个人从这桥上跳下去。她想只要她也跳下去,痛苦就了结了。在那打着漩涡的、越来越晦暗的象征死亡的深渊里,她仿佛看见那些已死的人的影子晃动着闪过。她觉得如果她跳下去,那些黑色的、陌生的影子马上会簇拥上来,缠绕着她,拖着她向那暗黑的深处滑去。但她觉得哥哥、父亲和丈夫都不在那里,他们肯定不在那么阴沉的地方。

　　她抬头凝望。在广袤的、一马平川的平原尽头,在天与地交织的地方,夕阳已经沉落,一抹黛青色平林上空铺满了柔和的、玫瑰色的晚霞。晚霞舒展、流动,像一条天上的河。她想那才是他们应该去的地方,他们在那里会看着她吗?另一半的天空呈青玉色,一丝云也没有,只有一弯新月。这天空和她童年时望着出神的天空、少女时放学路上看到的天空一样。她想起把她扛在肩上的正当壮年的父亲，想起在校门口等她的哥哥，想起和丈夫恋爱时跳完舞慢慢走路回家的那些夏天的夜晚。她也想起一个人凄然地走在去监狱的路上，想起哥哥的枉死、丈夫的惨死，想起她那懵懂无知、遭遗弃的初恋……曾经的快乐、心酸、痛苦一起涌上心头，她在桥上失声痛哭。偶有经过的人听到她的哭声，停下来疑惑地看一会儿，又过去了。她不知哭了多久，后来，天黑了，河面阴沉下去，桥上的灯柱亮了，不远处临河的村庄上空飘满紫色的炊烟，庄户人家里的零星灯火忽明忽暗地闪动。她突然清醒过来，想起母亲还在等她回家。

她搬回去和母亲住。母亲不能减轻女儿的痛苦，只能把心思花在做饭上。"妞妞，今天想吃啥？"每天女儿离家去上班时，她都会这么问。而女儿的回答总是"什么都行"。母亲只好自己叹着气去想，她在家里烙油饼、做手擀面、包饺子，希望女儿多吃几口饭。她觉得人只要还能吃饭，就能多一口气活下去。女儿在家时，母亲不敢哭，怕引得她更难过。但女儿一走，母亲独自在家里干着活儿，翻东翻西，看到那些旧桌子旧板凳，眼泪就直往下淌。她坐下来哭一会儿，擦擦泪再去干活儿。她想不明白为什么女婿那样好的孩子竟然不得善终，想不明白为什么女儿受了这么多苦，好不容易找到了一个好男人，却留不住这福气。她怒骂老天爷，怒骂她知道名字的一切神明！

有一天，女儿提前下班回家，看见自己藏在箱子里的丈夫的几件旧衣挂在晒衣绳上。她仿佛惨叫了一声。母亲慌张地从屋里跑出来，说她看今天日头好就把衣服拿出来晒晒，怕它受潮生虫。女儿一句话也没说，扑到母亲身上哭起来。母亲像拍小孩儿一样拍着她，自己也忍不住大放悲声。她终于能对女儿诉说了，说女婿走了她心里就像剜掉了一块肉，她是把他看成自己亲生儿子的……最后，母亲拉住女儿的手说："妞妞，不管多难，咱俩也得过下去。"

后来，她站在堂屋门口，恍惚地看着那些在日光下、风里来回摆荡的衣裳。衣裳那么鲜活，柔软而顺服，就像等着有人再把它穿在身上，就像穿过它、曾让它贴着他的皮肤和血肉的那个男人还活着。

8

她成了寡妇，门前的是非倒不多。尽管美貌还未褪去，她毕竟三十多岁了，在县城里，这个年龄的女人已经被看成是半老女人。另一方面，她丈夫的死更让人们确信她就是专克男人的红颜祸水命，就连那些觊觎她美貌的人也认定她身上带有某种可怕的邪气，才导致最亲近的男人一个个死去。

二〇〇二年，一向庇护她的老所长调走了，调来一位新所长叫宋斌。他是本县人，但大学毕业后分配到外县的政府机关，这次算升职调回本县。他比老所长年轻得多，但为人冷淡，对工作也比老所长挑剔，大家起初有点儿怕他。但慢慢地，他们发现他能力强，为人大方，他来所里以后，他们的奖金高了、福利多了，培训的机会也多了。

那时候，县城里的政府机关刚开始使用电脑，宋斌就派何丽去市里参加电脑操作培训。他找她谈话，很直接地对她说，之所以派她去，是因为觉得她在所里好像没多少事儿干。其他人都觉得新所长这样不近人情，毕竟何丽的丈夫前一年刚过世，她还在恢复期。但何丽没说什么，她收拾东西，去市里学习了三个月。在那里，没有人认识她，也没人知道她的经历，电脑课又难又紧张，她反倒从恍惚、消沉的状态中多少挣脱了出来。她回到所里后，所长又给她安排了新任务，要她务必在两个月内教会所里另外两个女同事熟练应用电脑。晚上，别人都下班了，她们还要留下来加班一两个小时。她教她们五笔输入法、做Word文件和电子账务。新所长的苛刻让她成了所里最早精通电子办公的员工。之后，凡是和电子办公相关的培训，所里都会派她去。后来，大约也因为这一技之长，她被提升为综合办公室副主任，直接向所长汇报。生平第一次，她从工作里得到了一些信心和快乐。

时间就这样在忙忙碌碌中过去，她丈夫走了快两年了。二〇〇三年的夏天，西城街上早已不再流行跳交谊舞，新兴的消遣方式是唱卡拉OK。一些商贩儿就在街道两边租个位置，摆上VCD机、大屏幕彩电和音箱，再摆几张小桌，做露天点唱生意，兼卖啤酒和冷饮。

一天晚饭后，她和所里关系最好的同事萍姐一起在南大街散步。走累了，她们就找了个露天茶座，坐下来喝冷饮。旁边桌上两对学生模样的男女在唱歌，他们点唱的很多新歌她俩都不熟悉，但还是在一旁听得津津有味。突然，有个男人走过来打招呼，竟是李成光。他们已经两三年没见过面，他看起来没怎么变，仍然显得年轻。他大大方方地坐下，说好不容易碰到了，想请她俩喝冷饮。他说起自己这几年回县里少了，大部分时间在市里忙公司的事。他不知道从哪里听说她去了市里培训，责怪她为什么不和他打个招呼，至少应该见个面、请她吃顿饭……她笑了笑，没说什么。

后来，李说既然有卡拉OK就唱首老歌吧，萍姐听了连连说好，她是个爱笑爱闹又特别喜欢男人的女人。李成光点了陈百强的《偏偏喜欢你》，那是他俩还在恋爱的时候，他喜欢在车里放的一首歌。开头的乐调一响起来，她就觉得时间像是回到了八十年代，连那时候街头巷尾的气味仿佛都能闻得见。李唱歌很好，他唱完连另一桌的那些年轻学生也给他鼓掌。过一会儿，他又点了一首温兆伦的《随缘》。那是一首何丽没有听过的歌，他刚唱了第一段："原来爱得多深、笑得多真到最后，随缘逝去没一分可强留……"隔壁桌的学生立即鼓掌叫好，但何丽的心却像被狠狠扎了一下。过去的情景蓦地又回到她心里，那些他突然离去而她无路可走的日子……她转过头，不再看屏幕上的歌词和画面，去看街上的人流和街景。

李唱完，隔壁桌的一个女孩儿送了瓶啤酒过来，说：

"大哥哥粤语歌唱得太好了,这酒我们送你。"李高高兴兴地收下,立即又叫老板送四瓶啤酒过去。过后,他看了她一眼,对萍姐开玩笑地说:"现在的女孩儿多热情大方,真好。咱们那时候可不是这样,有的人要别人追好久才肯跟人说句话。"他说起过去那副轻松愉快的样子,他那种随随便便的亲热,突然让她厌恶起来,她站起身说她们要回家了。他说开车送她们。"不用了,我和萍姐一起走,我们本来就是出来散步的。"她说。

夜色蓝得发紫,风一阵阵吹着,夜幕刚落下时的那股燥热在渐渐消散。走了一会儿,她心里的起伏也平息了一些。李的出现没有勾起她的旧情,反倒让她更想念死去的丈夫。街道两旁有那么多人在唱歌,坐着、站着,尽情地唱着,就像好几年前他们年轻时在街边尽情跳舞一样。她想,要是丈夫还活着,她会让他骑摩托车载她到新修的环城大道兜风(他们恋爱时常走的那条新环城路早已成了内城的一部分),让风吹着他俩的头发、扑打在滚烫又湿润的皮肤上,要是能趴在他肩膀上尽情哭尽情笑,那该多快活!

萍姐说:"我看李成光还喜欢你呢。"

她说:"不会的,我和他早就断了。"

萍姐说:"明眼人都看得出来。唉,要是有这样的人这么多年还对我念念不忘,我要激动死了。"

"他可是有老婆孩子的。"

"管他呢,要是李成光喜欢我,我就什么都不管不顾。"

她本来有点儿难过,萍姐的随口乱说却让她忍不住笑了。

萍姐的孩子已经上高中,她貌不惊人、身材矮矮胖胖,心里却异常热情浪漫,喜欢直率地说出些花痴的话。可惜她丈夫是个粗野的男人,喝醉酒后还常常打她。有时候,她来上班时脸上、身上带着伤,大家起初还关心一下,后来也司空见惯了。

萍姐继续在一边念叨李,说他是她连想都不敢想的那种男人,从小就像个公子,快四十的人了,还是那么年轻、那么帅;说她就是喜欢好看的人,好看的男人和好看的女人在一起多好啊……何丽有点儿生气了:"可我现在一点儿也不喜欢他,他根本没法和向东比。"萍姐半天没出声。过一会儿,她搂住何丽的肩膀,轻声安慰她说:"谁都知道你和向东感情多深,可你也不能一直想着他啊,人都已经走那么久了。"

又过了段时间,萍姐约她到一个新开的鱼火锅店吃饭。她俩在包间里坐下不久,李成光进来了。她诧异地看萍姐,李直截了当地说他只想和她见个面、说几句话,但她一直不接他的电话,他才求萍姐安排一下,萍姐心软经不住他恳求,要怪就怪他一个人。萍姐红着脸,笑说见面吃顿饭也没有什么嘛。她犹豫了一下,说既然来了,那就一起吃吧。

李这才坐下来,说他就是想和老朋友叙叙旧。吃饭的时候,多半是他和萍姐在聊。他说起这些年都在忙生意,但心里从没有忘记过去的朋友,又说他听到孙向东出事以后伤心得很,毕竟过去也认识,一起喝过酒,而且,他当时就特别担心她,想马上回来看看有没有什么他能帮忙的,但又怕她多想……李是个爱动感情的人,说着眼圈也红了。萍姐感动得跟着流泪,然后就跑去了洗手间。

剩下她和李在包间里时,李说他这些年除了赚钱还是赚钱,和家里人处不来,经常想她,真的后悔,如果当初他再坚决一点儿,他俩也不至于都落到今天这样。她说她不这样想,说孙向东出事前这些年她都过得特别幸福,和孙向东在一起后,她就不再想起他了,以前的事都忘了。

"你这是说气话,因为你怨我!"李不相信。

她说是真的。

他突然从座位上站起来抱住她。

她挣扎、抓他的胳膊,他低声说:"让我抱一会儿,只抱一会儿。"

她安静了一会儿,然后用力把他推开了。

他坐回去,拿桌上的餐巾纸擦眼睛。

"我明白了。"他说。

"明白什么?"她问。

"明白你忘了。"他说。

"对啊,"她冷冷地说,"以后不要再见面了。"

"就算是老朋友也可以见见面、说说话吧。"

"不用了,何必让别人说闲话。"

他盯住她看了一会儿,说:"丽丽,你变了很多。"

"经了那么多事,能不变吗?"她讽刺地说。

"确实,你这么对我……是我活该。"他苦笑了一下。

萍姐回来后,他们一起聊天、吃饭,不再说起他俩之间的旧事。饭后,何丽和萍姐骑电动车一起回家。何丽对萍姐说，要是朋友的话，以后再也不要替李安排这种事。

"他一直给我打电话，让我约你出来。我觉得他挺可怜的……"萍姐为难地说。

"他就是这样的人，我了解他。人也不坏，感情也是真的，可该做决定的时候，他就软弱、退缩了。我吃过亏，你不知道我那时候是怎么过来的。"她说。

但李成光并没有放弃，他开始更频繁地回县城，假装在这里或那里遇见她、搭几句话。他对她说，她不喜欢的事他一件也不会做，不喜欢听的话他也不会说，他只是想看看她。县城里那些对男女之事敏感的人很快注意到这个新动向，他们注意到李成光和他的奥迪车经常出现在城里的某些区域，他们根本不相信他回来这么勤是为了看望父母。城里人对这个浪荡子又有了新的认识，没想到他果真浪荡成性、色胆包天，不仅不怕被克死，还会为一个半老的女人二度痴迷。

如果不是发生了后来那件事，李也许还会继续他徒劳的"偶遇"式探望和追求。但他在市里工作的老婆不知怎么知道了，有一天上午，她化了很浓的妆，高昂着头，出现在何丽工作的城关财政所。她本来保持着冷漠、目中无人的太太派头，可看见何丽走进来的那一刻，她的愤怒突然像火山爆发了。她逼近何丽，从涂着鲜红唇膏的嘴里，喷出一连串歹毒、污秽的话。男同事们讪讪地低头回避，萍姐和另一个女同事上前劝阻，把她和何丽隔开，怕发生肢体冲突。何丽结结巴巴地辩解说她和李早已没有任何瓜葛，但那女的不听她的辩解，也不顾其他人的劝阻，大声斥骂何丽勾引她的老公、破坏她的家庭。

所长出现在门口时，其他人顿时安静了，除了那个站在何丽面前用手指着她、继续谩骂的女人（她背对着门）。何丽怔怔地看着他，嘴唇哆嗦了几下，但一个字也说不出。宋斌站在门口，皱着眉头听了一会儿，才走过来对李的妻子说他是这里的领导，有什么问题到他办公室去说，不要影响别人工作。李的妻子还要争辩，他态度坚决地重复一遍："有什么事儿到办公室来说。"就这样，他把她带走了，带去了他自己的办公室。

何丽呆坐在座位上，像是还没有从羞辱的震惊中恢复。萍姐过来安慰她，让她不要怕，说自己会去找所长，证明她的清白。萍姐还在办公室大声宣布，说全部的事儿她都清楚，是李成光一直要找何丽，还通过她约何丽出来，但何丽自始至终不愿理会他，更不用说和他相好了。

十几分钟后，他们惊讶地看到李的妻子愤然离开。过一会儿，宋斌又出现在办公室门口，说："何丽，你到我办公室来一下。"

她跟着他走进办公室，像个听候发落的罪犯一样，木然地站在他面前。

他盯着她看了一会儿，问："你不解释一下？"

"我和她老公没有任何关系。"她说。

他冷淡地说："我不关心你和她老公有没有关系，我希望以后不要有人再因为这种破事儿跑到所里来骂街，什么影响啊！"

"我和她丈夫没关系，是她自己瞎猜，冤枉我，还跑过来闹。我管不了她，但也不是我的错。"她态度倔强，声音却不受控制地发颤。

宋斌诧异地看着她，突然，他脸上闪过一丝嘲弄的笑意，说："你现在在我面前说话很厉害啊，刚才那女的冤枉你时，你怎么绵得像小猫一样？你的能言善辩去哪儿了？"

她一直强撑着，突然被他狠狠刺一下，眼泪顿时流出来。

"哭吧,你最好哭完再回去,免得影响其他人工作。"他说着,从抽屉里拿出一包餐巾纸,推到桌角,自己开始低头翻看桌子上的一份文件。

萍姐一进来,立即急切地替何丽辩解。她对宋斌讲李是何丽以前的男朋友,但很多年前早分了,但李如何对她念念不忘,如何多次托她想约何丽出来、何丽如何拒绝了李,连何丽说的那些讨厌李、不信任他的话,她都恨不得悉数抖搂出来……何丽几次用眼神制止她,萍姐都没有注意到。

宋斌饶有兴趣地听萍姐说完,转过来问她:"她说的都是真的?"

她不答他的话。

萍姐替她打圆场说:"当然是真的,她自己不好意思说。"

宋斌顿了顿,说:"没事儿了,你们俩回去吧。"

"所长,我想问问……你是怎么把那个女人打发走的?她刚才很凶啊,很傲啊,谁都拦不住。"萍姐临走还忍不住要打听。

宋斌瞪了她一眼，不耐烦地说："很简单。第一，我问她要证据，她没有。第二，我说这种事儿应该去找自己的男人骂。第三，我说她不走我只能报警，她是扰乱政府机关公务。"

走到门口时，她才想起来，转过身说了声"谢谢"。

他头也不抬地说："谢我干什么？到所里来闹，我当然要管。"

回到办公室，萍姐立即对大家宣传了宋斌如何赶走了李的妻子。"太帅了！"她惊叹地说，"没想到所长不仅工作能力强，对付母老虎也有一套。"她表示简直已经爱上了他。

李成光的妻子跑到城关财政所大闹的事，很快在全城传得沸沸扬扬。几天后，李成光打电话向何丽道歉。何丽说又不是他来闹，不用道歉，但请他以后不要再来找她。李约她出来谈，她拒绝了。后来看到他的电话，她就直接挂掉。

两三个月以后，正是临近春节的隆冬，第二场雪刚化净，灰色的大地和光秃的树木又都裸露无遗。晚饭后，天已经黑透了，她收到李成光的短信，说他就在她家外面不远的一个地方，必须和她见一面。她回信说她不会见他。他说他没有开车，是从他家的老院儿一路走过来的，如果她不出来，他就在那儿等一夜。过了一会儿，她穿上羽绒服、围上围巾出门了。他果真在他说的那条偏僻的小街上等着。天很冷，他穿了件皮衣，冻得发抖。

"你到底想干什么？你觉得别人说我的闲话还少吗？"她问他。

"我就是来道歉的。"他说。

"啊，求求你，不用道歉，只要别再来找我，惹得别人来骂街就行了！你带给我的侮辱还不够吗?!"她气恼地说。

"对不起。"他说，显得出奇的平静。

"没事儿的话我就回去了。"她看看他，语气缓和了一点儿。

李这时说："我爸走了，就是上个月。"

她怔住了。停一会儿，她说："对不起，我不知道这事儿。"

"没什么，"李说，"老头儿得了癌症，走得也不好受……我这几天都在家陪我妈。突然很想过来看看你，没有别的。"

"你还会在家住几天吧?"她没话找话地说。

"后天下午回去。"他说,又说,"不知道为什么,老头儿一走,我就想到你。当初要不是他,我们俩也不会……"

"别说这些了。"她轻声打断他,不愿意他说下去,但也不忍心对他发火。

两个人又都沉默了。

李突然问她:"我真的没机会了?要是我愿意离婚呢?"

黑暗中,何丽惨淡一笑,说:"你说这话自己也不信吧?"

李被她激了一下,说他当然信。

"你忘了你当年怎么对我说的?你那时比现在还坚决。我信了你,结果呢?"

"我那时太年轻,不知道有的事会后悔一辈子。"他颓然地说。

"成光,算了吧,过去你是单身,现在你结了婚,还有孩子,现在要在一起比过去更难。而且,我早就对自己说,再也不要相信你。再说……我也不喜欢你了。"她说。

她的话说得决绝,李半天没说话。

"那好,我以后不会再缠着你。不管怎么样,我希望你过得好。"他说。

"我知道。"她对他笑了笑。

"如果以后有什么难处，需要我帮忙……"

"我会告诉你。"她说。

他说他这就回去了，但他没有转身走，反而走过来抱住她。那条背街又黑又冷，此时没有一个人经过，路边几棵细高的杨树的枯枝在风里发出噼里啪啦的撞击声，从一些民房二楼的窗户里透出昏黄或青白的灯光，也在这严寒的空气里变得凄冷。她没说话，也没有挣脱，感觉到他的头紧贴着她的头发，他的气息在她耳边聚拢又消散，他的身体在发抖。她想起他们最后一次在一起时，在他的空荡荡的婚房里，那么湿冷，只有一张床，两个人也在被子底下抱在一起、瑟瑟发抖……她想，就当是告别吧，她和他的纠葛应该就此完结了。

9

自从李的妻子那件事发生后，宋斌对她的态度似乎比以往温和了。有时她到他办公室送文件，他会和她讨论怎么把某句话改得通顺些，问及办公室里其他人的情况，甚至会闲聊几句和工作无关的话。有一次，他说那天帮她赶走了敌人，她竟然都没有道谢。"我说过了，你当时说不用谢。"她说。"哦，我是说行动上的感谢，你就不会提着礼物上门看看领导？你从来不做这种事儿吗？"他开玩笑说。还有一次，他问起她母亲，问她身体好不好，现在还做酱菜吗。她脸都红了，问他怎么知道她妈妈会做酱菜。他诡秘地一笑，说："我知道的事情多着呢。"

那天，她给宋斌送去几页她整理好的会议纪要。当她把文件放在桌上要离开时，他突然问："东西扔下就走？"

她只好站住，笑着转过身问："还有什么交代吗？"

他说："我先扫一遍，万一有什么需要改的，我就直接写下来，你可以马上拿去改。"

他开始看文件，后来意识到她还站着，就让她坐下等。

他一页页地看，在某些地方修改了几个词，或是加上一句话。

他突然抬起头看看她，发现她也在看着自己。她不好意思地笑了下，问他是不是已经改好了。

"还没有。"他说。

他感觉到当她坐在那儿,即使安安静静,什么都不说的时候,她身上也在散发出某种东西,像是一股很淡的香气、某种无形的波动,使他周围的空气立马不一样了。

"以后就这样,比较有效率。"他说着,把改好的文件交还给她。

渐渐地,她开始喜欢这样的时候——当他看她拿来的文件或报表时,她坐在那儿安静地等待。而从他看她的眼神、说话的口吻,她隐约地感觉到这个男人也喜欢她。她提醒自己要警惕他,离他远一点儿,好像已经看清了他在用他的温柔态度、漫不经心的话、把她留在办公室和他独处的所谓高效工作方法等构筑一个陷阱。但她又常常无法控制地陷入与此相反的情绪中,譬如,如果好几天他没有找机会把她叫到他办公室、对她说些什么,她竟会感到沮丧、失落。

她胡思乱想的时候多了,忍不住琢磨他究竟是怎样一个人:他不像李成光一样温柔、会说动听的话,但似乎也不会轻浮、软弱;他也和孙向东不一样,没那么年轻,也没那么单纯憨直,似乎是个心思很深的男人,但似乎又没有那么坏,至少在这个没有任何秘密的小地方,她从未听说过关于他的流言蜚语。她尽力让自己多想想实际的东西：想想他是个仕途上升期的、野心十足的男人，这种人通常不会把感情看得太重……在所有这些胡思乱想之外，还有一种可怕的罪责感：她担心自己把丈夫忘了，担心那可怜的人正从她的记忆里、心里慢慢变淡流走。

有一天，宋斌把她叫到办公室，让她回去收拾下东西，去省里参加一个为期三天的财会培训。她惊讶地问："财会培训为什么不让刘会计去？"他瞅了她一眼，说："问那么多干什么？我想让谁去就让谁去。"

培训前一天下午她到了省城，在指定的招待所住下没多久，就收到他的短信，说他碰巧也在省城办事儿，晚上过来接她一起吃饭。她注意到，他甚至没有问她愿不愿意和他吃饭。六点多，他把车开到招待所楼下接她。她上了车，不那么自然。他看了她一眼，一副无所谓的样子，说他刚好也来见一个朋友，朋友晚上有事，不能一起吃饭，他总得找个人一起吃饭，一个人吃饭多没意思。他带她去一个粤式海鲜餐馆，说要一个包间，服务员看他们只有两个人，迟疑地说包间最低消费是一千元。他说没问题。女服务员带他们上楼，不时偷眼瞄着她，意味深长地笑了。

服务员把他们领进一个房间，那是个布置特别雅致的房间，门和餐桌之间立着一个暗金色的屏风，屏风上面是刺绣的花朵，落地窗的一侧放了一个博古架，上面有漆盒、瓷瓶、小雕像、相框等各种摆设。铺着白色餐布的圆桌中间放着一个方口的青色瓷瓶，插满了鲜花。只剩下他俩的时候，她问他为什么要花这么多钱吃一顿饭。他正在看菜单，漫不经心地说："为了方便说话，大厅里吵吵闹闹怎么说话？"桌子上有个带按钮的黑色小匣子，他按了一个按钮，服务员就进来了。他点完菜、服务员离开以后，他俩谁也没说话，冷场了好一会儿。她发现坐在这里和坐在他办公室里的感觉不一样：这是个私密的空间，他们俩在这儿像是私会而不是谈工作。她仍有些拘束，但还有一点儿心愿得偿的甜蜜，她想她的预感没错，他是喜欢她的，他总有一天会行动。

他笑话她昨天还问为什么不让刘会计来，现在知道原因了吧。她说刘会计来了也可以陪他吃饭啊。他说那样的话他宁可自己一个人吃。然后，他叫她不要坐得离他那么远，因为她差不多坐到了他的对面。一张可以坐八个人的大圆桌上只坐了他们两个人，显得空空荡荡。她就挪到和他相隔一个座位的位置。

吃过晚饭,他带她去了一家酒店。她问他到这种地方来干什么,他说带她来听歌啊,她以为要干什么?酒吧在二楼,酒吧中间有个半圆形的舞台,的确有个四人乐队现场演出,主唱是个女的。他说这女的唱得很好,他经常来听。他给她叫了综合果汁,自己喝洋酒。吧台和后面的架子都漆成了鲜红色,架子上摆满了各种颜色、各种形状的洋酒酒瓶,吧台上方悬挂着成排的酒杯,像个流光溢彩的琉璃世界。灯光很暗,在小桌的中央,碧绿色玻璃盏里燃烧着火焰虚弱的蜡烛。他们很少说话,就听乐队演奏、女歌手唱歌。

后来,他开口说看来带她来这个地方是个正确决定,至少她不愿说话,还可以听别人唱唱歌,不必干坐着。她说她不是不愿说话,而是还不习惯在这种地方和他说话。他说那是因为她和他聊得太少,不了解他。然后他先开始"自我介绍",讲起他的家庭、父母和两个妹妹,他在县城上的哪个中学,大学读的什么学校,在外县做过些什么工作……在忽明忽暗的光里,他边喝酒边讲些陈年旧事,有些是人生大事,有些只是无关紧要的细节。最后,他要她也讲讲她的事，好让他更了解她一些。

"我的事有很多都是让人不高兴的事。"她看着他说。

"那就只说让你高兴的事，不愿提起的不用说。"他说。

"你以前不是说你知道的事多着呢？"她突然俏皮地问。

他愣了一下，说："这你也记得？我自己打听到的和从你嘴里说出来的不一样。"

她想了想，说从来没这么和人聊天，还真不知道从哪里讲起。

"譬如，从你小时候家住哪里讲起。"他提示说。

她就讲起来她家以前的老房子是什么样的，老的城墙；讲到离家不远处的那个湖（早已经被填平了），小时候她抱着游泳圈在湖里游泳，不小心让游泳圈漂走了，差点儿淹死，是爸爸及时跳进去把她救了上来；她也讲到她哥哥，和哥哥一起在自家地里捡麦穗的光景……她发现讲起来并没有那么悲伤。

到了十点半，他说她该休息了，开车把她送回招待所。但她回去以后，躺在床上很久都没有睡。她发觉自己喜欢这个晚上，尽管仍然有些拘束。但她也有些担忧，因为看起来他掌握了一切主动：什么时候约她，带她去哪里，聊些什么……

第二天,同样的时间,他来接她一起吃饭。

"我不想去昨天那个吃饭的地方。"她对他说。

"你不喜欢那地方?那你想去哪儿?"他好像很诧异她会提要求。

"去那种随便些的小馆子吧,路边摊也行。"

他坚决反对路边摊,最后,他带她去了一家门脸儿很小的烩面馆儿。"这地方够小、够挤?"他揶揄地问。她说这里好。他说:"带这么好看的女人到这种破地方,别人会怎么看我?"又说:"你该不会是想给我省钱吧?我出来吃饭花的都不是自己的钱。"她说她不是为了替他省钱,就是觉得这种地方说话、吃东西都自在。"不过,你是怎么找到这种破地方的?"她打趣地问。他笑了:"这地方离财经学院很近,我以前上学时经常来这条街上吃饭。转眼都二十年前的事了,但地方还在。"

他俩说话比前一晚自然多了。吃饭时,她心情愉快,半开玩笑地说他大学时肯定谈过女朋友。

"谈过一个,谈了两年多。"他很大方地说。

她心想,也许他那时就经常带女朋友到这里吃饭。"后来呢？"她问他。

"毕业后分到不同的地方，就分手了。"

"还联系吗？"

"不想，也不联系。"他说得干干脆脆，紧接着又说，"为什么联系？你以为都像你和那个李什么？"

她僵住了。

他意识到言重了，道歉说："对不起，我说错话了。"

吃过饭，他带她去了一家街边咖啡馆。他又讲了更多有关自己的隐私，说小时候父母都在镇里工作，他那时学习很好，在镇小学考试年年全级第一，他们家又是吃商品粮的，他在镇里感觉良好。但后来他父母调回县城工作，他到了县实验小学，发现周围同学都是城里人，只有他是小镇来的，他第一次体会到自卑，每天缩头缩脑地想把自己藏起来。到了初中，他又结交了两个流里流气的朋友，他们经常一起逃课，到台球厅打台球，到河边打青蛙，结果差一点儿没考上高中。但到了高二，他像是如梦初醒，发现再这样下去怕是得一辈子无法翻身、一辈子自卑了，才开始拼命学习赶上去。她也讲了些她在中学里的事，那时候追过什么电视剧、爱买哪些明星的贴画，曾经和女同学一起去看了什么电影……

他打断她问:"只和女同学一起看过电影?"

"那时候谁会和男同学一起看电影?"

"那时候得有多少人追你啊?"

"其实没有几个。"

"也是,人要是太美,一般人也不敢追。自己配不配得上,人心里还是有数的。"他说。

她的脸顿时涨得通红。

"这么大的人了还会脸红?"他看着她的窘相,忍不住发笑。

咖啡馆在放邓丽君的一首歌。他不说话了,凝神听了一会儿,问她听过吗。她说听过,但忘了名字。他说他特别喜欢这首歌。

"叫什么名字?"她问他。

"《你在我心中》。"他说,看着她。

她移开视线,笑笑说不知道为什么,男人好像都特别喜欢邓丽君。

"温柔、甜美、多情,一点儿不妖气,谁不喜欢?"他说。

后来他问她是否还满意现在的工作，她说挺喜欢。

"会点儿技术挺好的，有事儿做总比磨洋工好。"他说，"但也别想着往上爬。"

他突然这么说让她有点儿惊讶，说："从没想过这些。"

"那就好，女人当官很讨厌。"他说着皱了下眉头。

"男人当官就不讨厌？"她问。

他笑了，说："男人本来就污浊嘛。"

像前晚一样，到了十点半左右，他就把她送回招待所，然后开车回自己住的酒店。第三个晚上，他没有来，说要见一个朋友。她回城两天后，他才回来。没有人怀疑他们曾在省城见过面。

回来以后，他又变成了原来那个人。有时在城关财政所的楼道里、院子里碰到，他就简单地打个招呼。他把她叫到办公室，仍像以前一样，他说些什么或看着什么，她坐在旁边等着。他没有提起在省城时的事。她虽然不高兴他像是什么都没发生过的样子，但自己也坚持一字不提。她心里有根深蒂固的小地方女人的保守观念，那就是女人永远不能主动去接近、讨好男人。她觉得如果他沉默、冷漠，自己要比他更沉默、更冷漠。但一个人的时候，回想起他们在一起时的情景、他说的那些话,她的心又会软下来,怨意淡了。

过了将近一个月,他给她安排了新的出差任务。她以为会像上次一样,安顿下来不久就收到他的信息。但两天过去了,什么都没有发生,没有电话,也没有一条短信。她说不上是盼着他来,只是心一直悬着,两个晚上都没有睡好。第三天,她已经不抱希望了,但夜里十一点多,他突然打电话过来,问她要不要吃夜宵。

"我都躺下了,什么也不想吃。"她说。

"我已经在你楼下了。要是你不愿下来,我这就走。"他说。

他的口气更让她生气。她问他如果她让他走,他会不会立即走。他顿了一下,说他会。她说那他就走吧。他显然没有预料到这种情况,沉默了半响,又说:"我在下面等你二十分钟。""不用等,我不会下去。"她坚决地说,心想他这种人活该受点儿折磨。他说好吧,那他这就走,然后挂断了电话。她想到他和李多么不一样,李就不会这样,他会说如果她不来他就一直在楼下等……

过一会儿,她走到窗边,从窗帘中间的一条缝隙里看向后面的停车场。停车场黑沉沉一片，她认出了他那辆白车停在边缘处，亮着灯。在停车场上方，城市里的天空烟灰里透着粉红，混沌暧昧，仿佛地面上纷杂的灯光返照到了天上，变成了一层浮动的、浓稠不散的烟雾。她离开窗户那儿，关上了房间里的灯，仰面躺下，躺在一片黑暗中。

大概一个小时后，宋斌又打电话过来。

"干什么？"她问。

"不愿意见我，打电话总可以吧？"他说。

她没说话。

他问："你总是这样在男人面前摆架子？"

"对啊，"她负气地说，"越厉害的男人我越在他面前摆架子。"

"我对你厉害？"他问她。

"不厉害吗？'要是你不愿下来，我这就走。'"她说，模仿他的腔调。

"你才厉害呢，"他愤愤地说，"没有人会让我半夜跑过去，还在楼下等好半天，竟然不露面。"

"是吗？你难道从来没有追求过女人？还是都是女人倒追你？"她奚落他。

他好像被她问得怔住了。过一会儿，他突然笑起来，说他知道她在生气。

"生什么气？"

"气我回去之后当作什么都没有发生。"

"本来就什么都没有发生。"

他不理会她的话，接着说："还气我昨天、前天没有找你，没有约你吃饭，今天还来得这么晚……不过，看到你生气我特别高兴。"

"是你自己无聊瞎猜、自作多情。"

"你又不在我跟前，不用羞于承认啊。难道脸又红了？"

"真是无赖。"她气得发笑。

"我就是。明天我还会去找你，但明天你必须见我。"

第二天，他仍然吃过晚饭才来找她，但比前一晚来得早一些。

她一坐进车里，就闻见他身上的酒味儿。

"你喝酒了？"她问。

"喝了一点儿。"

但她觉得不止一点儿。

他对她说刚才和他一起喝酒的是他的大学同学，现在省里给大头儿当秘书。

"所以我经常来省城。"他说,"我们俩关系不错。"

她明白了。

这时,他注意到她两只手臂交叉着抱在胸前,问她是不是冷,说着把自己的夹克脱了给她。但她生硬地把它推回给他。

他没意思地笑了,说:"算我自讨没趣。"

她也笑了,说她并不冷。

他这时讨好地说:"你看,这个关系我从来没有对其他人说过,我只对你说。我不知道为什么喜欢对你说这些自己的乱七八糟的事儿……我怎么变得婆婆妈妈、唠唠叨叨?"

她看了他一眼,说:"你说呗,我听了也觉得挺有意思。"

他看着她——她的身体向车窗那边靠着,仿佛刻意在这狭小的空间里更偏离他一点儿。衬着那一块漆黑的玻璃,她更显得睫毛浓密、脸色发白。

"有时还是挺矛盾。"他像是没头没脑地说。

"矛盾什么?"她不懂他的意思。

他叹口气,说:"算了,没什么。"

她似乎突然明白了他的意思。

"我这个朋友，大学时和我上下铺，好得像亲兄弟一样。我毕业后就去基层工作了，他又考了人大的研究生。从此，我俩的人生就不一样了……你知道我这样的人不像李成光，有个厉害的爸可以靠。我没有背景，什么都得靠自己，好在有这么一个兄弟。刚才我们俩喝酒，我也是头脑发昏，忍不住对他说了些不该说的话。我说我这个年纪了，好像又喜欢上了一个人。他批评我说爱什么爱呀，都是耽误正事儿、浪费时间。"他说着自己也笑起来。

"难道他说得不对吗？"她故意问。

"也对也不对。"他又严肃起来，"其实这方面我一直管自己管得挺严。你笑什么？我是有要求的人。但这次不一样，好像真是发神经了……唉，这一点他不会懂的，反正我们俩互相嘲笑了一番。"

突然，他把车熄火了。车顶上的灯亮了一小会儿，也熄灭了。他俩坐在更暗的光线里。她听见他深吸了一口气。

"你知道我说的是什么吧？"他问她。

"好像……猜到一点儿。"

他说："那个蠢女人倒帮了我的忙。"

"什么?"她惊讶地问。

"李成光的老婆啊,要不是她过来闹一下,我还以为……你和他还在一起。"

"你怎么会这么想?"她说。

他没回答,反问她:"李也是个不错的男人,对吧?"

她想了想,坦然说:"他人还好吧,挺温柔,爱玩儿,爱唱歌……就是不怎么负责任,有时候挺软弱,大概和他的家庭有关,他从小到大可能就是那种由着性子、不必负责的人。"

"我不喜欢这种人,靠老子。"

"不是你想的那样,他不喜欢从政,自己做生意。"她倒替李成光辩解起来,"……不过,不管他是什么人,和我也没有瓜葛了,我已经不喜欢他了。"

他听完沉默了一会儿,好像在想什么。

"那你现在有喜欢的人吗?"他倾身靠近她,厚脸皮地问。

她没吭声。

"有没有?"他又问。

"不知道。"她把头扭去一边。她想,应该现在就走,赶快逃跑，但又像是有什么东西无形中紧紧抓住她，让她不能动弹。

"还不说？还装？看着我！"他说着，突然把她的头扳过来对着自己，"你早就知道我喜欢你，对不对？我知道你也喜欢我。"

她浑身一阵战栗，但她极力稳住自己，拨开他的手说："你喝醉了，我现在不想和你说这些。"

"我绝对没有喝醉，这点儿酒还不至于让我喝醉。"他嘟嘟哝哝地辩解。他看到那双大眼睛此刻正盯着他，那美丽的眼部轮廓和褶皱处幽深、柔和的阴影，那隐藏在目光里的毛茸茸的天真和火辣辣的挑衅般的抗拒，还有她激烈地一起一伏的胸脯，都让他心醉神迷。

他茫茫然地看着她，好像一时没了主意。

她还有逃脱的机会，但她却问他："你现在不矛盾了？"她知道她的眼神、她的话都是在默许甚至鼓励他，但她毫无办法。她的心怦怦直跳，充满了鼓胀的、无法再压抑的渴望。

"是啊，矛盾得要命，所以才忍到现在。"他说着，把她拉到怀里。

他把她带去他住的酒店。一进房间，他就抱住她，狂热地亲她，说他的下身像要炸开了。果然，他刚脱掉她的衣服，趴在她身上，就忍不住射了。他又羞愧又恼怒，骂自己像第一次碰女人的、过度亢奋的愣头小子。第二次，他把她折腾了很久。她感到强烈的、深入骨髓的快乐，却又为这快乐羞惭。在她的极乐中，她把遥远的死者和眼前的男人重叠起来了。在丈夫离世后的这些年，她从未向另一个男人打开过自己的身体，也从未这么无耻地享受过快感，她求死去的人原谅，确定她并没有忘记他……最后，她大哭起来。他惶惑地问她怎么了，是不是自己太鲁莽让她不舒服。她只是一个劲儿地摇头，什么也不说。他似乎明白了，只是默默地抱着她。

哭完，她对宋斌说"对不起"，他安慰她说没什么，他完全能理解。之后他们睡了。他醒来时，窗帘缝隙里透过黎明时朦胧的灰白光线。房间里沉沉的黑暗、靠近门的那盏夜灯昏暗的黄光，以及窗缝透进的那点儿灰白交织在一起，在这交织的、纷乱的、如梦似幻的光线里，他看了一会儿睡在旁边的女人，心想她是这么美，几乎就是他从年少时幻想遇到却一直没有遇到的那种女人，心想她是否真的如别人所说身上附有邪魔，会把男人拉入深渊……他拿手轻轻抚摸她的眼睛、她的眉毛，亲她露在外面的一小块儿肩膀，很快把她弄醒了。接下来那个白天，他不让她去开会，他俩一直待在酒店房间里，门把手上挂着"请勿打扰"的牌子。

10

在外人看来，何丽就像一朵快要干枯的花，突然得到雨水的滋润，又苏醒了，延长了花期。如今的她，忧伤、静默的眼睛里又有了光芒，丈夫初亡后那坚硬固守的姿态也放松了、舒展了，依然茂盛的头发剪短了，发尾处烫了轻微的内卷，蓬蓬松松，诱人想去抚摸。这接近迟暮的美具有一种回光返照般的谦逊、柔和，像是闭拢了羽毛、准备入睡的鸟。但无论她对人多么温柔有礼，工作上多乐于帮助别人，所里的同事都对她疏远多了，也客气多了。他们觉得自己被蒙蔽了，私下说她果真不是一般女人，神不知鬼不觉就搭上了宋斌。遇到这种事，人们总会说是女人勾引了男人，而不会说是男人控制了女人。如今，几乎所有人都觉得看不透她，说不清她究竟是可怜还是可恨，纯洁还是淫荡，无辜还是深藏心机，好还是坏……只有萍姐一如既往地对她好。对于她和宋斌"不光彩"的事，萍姐激动地说自己终于如愿以偿了，说何丽就应该和宋斌在一起，这样才般配。

他们在一起后不久，宋斌升任县财政局副局长，分管组织人事、财政预算、城市建设科，成了最有实权的副局长。很多人说宋斌这个位置就是正局长的预备席，何况他是青壮派，只有四十来岁，就等着现任局长退居二线。看起来唯一对他不利的就是他的私生活问题。关于他和何丽的私情，县里已经尽人皆知。他公开约她见面，开车带她去高档餐馆吃饭，有时还把她带去自己的住处。他为人太傲慢，觉得喜欢一个女人用不着偷偷摸摸、东躲西藏。当她担心他俩的关系会影响他的仕途时，他笑话她瞎操心，说除非他本来就要倒了，否则这个事儿根本不算什么。

另一方面，关于他的家庭也开始有不少的传闻。说他妻子和他早已经分居，所以才和孩子一直住在外县；还说他妻子其貌不扬，但父亲以前是官员，宋斌当时是为了往上爬才娶了她，后来她父亲退了，宋斌就把她冷在一边……关于这些,她从未问过宋斌。宋斌也只提到过妻子两三次,说和她没什么感情,当时一个单位,她追他追得很起劲儿,就浑浑噩噩结了婚;又说他每两周都回家看看,只是尽做父亲的义务。还有一次,他说和妻子两三个月也不会在一起一次,因为他根本没兴趣和她做爱。她问他,他妻子会不会已经听说了他俩的事儿,宋斌随口说她知道了才好呢,要是她像李成光的妻子闹一闹更好,他就有借口立即离婚了。她听了这些话并不舒服,觉得他太冷酷。宋斌说,他对另一个女人冷酷她不该高兴吗?她说她一点儿也不高兴,因为她想到有一天他要是不喜欢她了也会这样对待她。他说她整天太闲,才会胡思乱想,又说如果他妻子愿意离婚,他会给她一笔钱,她能过得舒服又自由,胜过有个男人却等于没有,有什么不好?他说他不像李成光,当断不断,两头都没有担当,等他把手头的事办好,就会处理私事。她知道他所说的"手头的事",就是坐上正局长的位置。

  对于他的承诺,她只是半信半疑,甚至也没怎么期待。她发觉她几乎重复了初恋的困境,就是她和一个男人在一起,而全城的人都知道她和这个男人在一起,但她却不知道和他会不会有结果。只是如今她经历了那么多事，知道很多东西说没有就没有了，也就不那么执着于结果了。在一起时，她就毫无保留地爱他，他不在的时候，她也不去纠缠他，怕过度依赖会给他添麻烦，让他心累。宋斌对这些都看得清楚，反倒无论多忙都要找机会和她在一起，为了让她放心，他偶尔还去看望她母亲。她和母亲从没有直接谈过这件事，但从母亲的眼神里，她知道母亲的忧虑。只是当母亲的如今已经不忍心责怪女儿半句。而她自己早已不再感觉到那种得不到名分的耻辱和焦虑了，她只想极力抓住自己还有的这点儿幸福。她想，她变了多少啊！

最让她担心的并不是他俩的关系。她不知道宋斌贪污了多少钱，她感觉那会是个她不敢想的数目。他当副局长的那两年，正是县城开发扩建烈火烹油的时期。东西南北四个方向都在扩城，东郊和南郊有两个村庄都被整个开发了，全村迁移，大量土地收归县里，再拍卖给外面来的地产开发商。她母亲买的郊区小院儿再度被划入拆迁范围，但作为补偿，她们得到了城南新建的小区里一栋将近二百二十平方米的复式单元，这是宋斌让开发商特别安排的。因为卖地，县财政收入大增，而城市建设拨款这一块又都归宋斌管。因为手里有钱，宋斌经常招待县里领导去外地"考察"，去港澳、东南亚……得到了"会办事儿"的好名声。

他自己每次出差，包里总是装满一沓沓现钞。有一次，他真的带她去见了省里那个"靠山"朋友。朋友是个文质彬彬的男人，戴方框眼镜，说普通话，谦和有礼。因为朋友爱听京戏，见面时宋斌就包下整个戏曲会所，只有他们三个边听边聊，台上的戏也只演给他们三个看。可她一点儿也不享受这种面子和排场，他做的这些只让她更为他担心。他还无意中对她说起每次来看朋友，都会送他一个"大包"。"感情当然是有的，但钱该出的必须出。"他狡猾地说。有时，他给她讲一点儿官场里的事，但没讲几句又马上打住，说她还是不懂的好。"这些破事儿、脏事儿让我去做，"他无耻地说，"你就当个干干净净、快快乐乐的美人。我不会再让你受苦。"

他给她钱从来都是给现金，装在公家的牛皮纸档案袋里，因为他说转账的话银行里就会留下记录。起初她总是推托，说根本不需要这些钱，但她发现不要的话他就会不高兴甚至气恼。好多次，她劝他收手。他说不可能收手，早就收不了手了。他对她说之所以从不告诉她这些钱的来头和去处，就是因为她知道得越多越害怕。万一哪天他被查，牵连到她，她什么都不知道才能保住自己，一旦知道就算不说也是煎熬；况且她这么傻，根本经不住别人的几句诱骗、威胁。他的"事业"就是她的禁区。他笑话她的劝导，甚至对她的忧虑也不以为然。有时她说起她哥哥坐过牢，她不能承受他再出事儿，他却轻描淡写地说时代早就不一样了。她问他要这么多钱干什么，为什么不能好好做事。他诡辩说想做事得先到那个位置上，但不花钱就根本到不了那个位置。她完全说服不了他。有一阵子，她迷上了到处烧香拜佛，给寺庙捐香火钱，说要帮他积德。宋斌对这种神神道道的东西很反感，说他不过是弄点儿钱，又没干什么伤天害理的事儿……他们有时也争吵，但过不了多久，又会去找对方，和好如初。宋斌自嘲道，"熬不过三天"。他们像是被对方牢牢控制住了，从欲望到情感。

二〇〇六年底，因为老局长突然病退，宋斌顺利坐上了正局长的位置。仅仅两年，从副局跳到正局，人们都说这是因为县里的大头儿特别赏识他。但有一次，宋斌对她提起那个人很不屑，说他为人太贪，连吃相都不顾，之前搞上一个音乐老师，那女的也不是省油的灯，领导怕出事儿，把她送去法国留学，竟然暗示他想办法解决情妇在法国的一切花销……她问他该怎么办。"没办法，这种破事儿他说出来就得去办啊，我最后找了个开厂的去解决了。"他烦躁地说。他沉思了一会儿，又说："水平太差！越是基层，越容易有这种人。所以还得往上去，到了市里会好得多。"她暗自惊讶，没想到他还要往上爬。

但二〇〇七年的夏天，那个书记就出事了，潜逃一个多月后被抓捕。随后，县里陆续有官员被调查、双规。深秋的一个夜里，已经很晚了，她母亲早已睡下，她听见有人敲门。她疑惑地打开门，看见宋斌在门外站着。她惊讶地问他怎么这个时候来，也不提前打个电话。他说事情有点儿急，最好不打电话。进到屋里，她发现他眼睛里布满血丝，神情严肃得可怕。他背了个大双肩包，打开包，里面装满一沓沓的钱。

"你放好。"他说，把里面的钱都拿出来放在桌子上。

"不，我不要！……为什么给我这么多钱？"她惊惶地问。

"不为什么，我得离开一阵子，给你多备点儿钱，我比较放心。"他说。

"为什么要离开？你要去哪儿？"她急切地问，有股强烈的不祥预感。

"就是出去办点儿事。可能一阵子不能见面，也不好联系。"他含糊其词地说。

"是不是出事儿了？"

"别问了，没什么大事儿。记住我以前说过的话，不管别人问你什么，关于我的事儿，你一概不知道！记住了？反正你也确实不知道。"

"我一直担心……还是出事儿了！"她哭起来。

"不是什么大事儿，真是傻瓜……过去这一阵儿就没事儿了。"他把她抱过来，让她像小孩子一样坐在他腿上。

而她此时想到的是他被枪毙了，或者在监狱里被人害死了……她以前听过、看过的那些可怕的事似乎都会发生在他身上。"肯定是我连累了你。"她双眼发直，仿佛突然发现了真相。

"胡说八道，和你没有任何关系，是我自己太大意了。"

"是我……别人都说我克男人，这是真的，我就不该和你在一起。"她哽咽着说。

"我才不信这个邪,都是封建迷信!再说这种蠢话我生气了。"

等她终于止住哭,他温柔地说:"我们说点儿高兴的事儿吧……你知道我最喜欢你的什么?"

"什么?"她问。

"你有一双会笑的眼睛。去所里不久,我就发现了。你那时候家里刚出事儿,不爱笑,但只要你一笑,我就有点儿受不了,心里像小猫抓。"

"你真是个色鬼。"

"这么美的一个人,孤零零的,天天在我眼前晃,我还看不见?我又不是瞎子。"

她让他留下来过夜。他开玩笑说这不在他的计划里,时机也不对。但过一会儿,又说他恐怕舍不得走了。

他和她挤在她那张单人床上。

她的双臂紧紧搂住他的脖子,贴上他的身体。

"你妈会听到的……"他低声说。

"不会的,她早就睡着了。"

他们开始狂热地、压抑地、不出声息地做爱。他说这张床让他想起来大学时宿舍里的床。你那时候就和女同学睡过吗？她问他。当然没有，他说，他那时候干净得像个小婴儿，他是混进官场里才变坏的，但和她在一起，就像回到了年轻的时候，好像还在傻乎乎地谈恋爱呢，虽然经手的事都那么不干净，但心里这一块儿至少还是干净的。

躺了一会儿，她突然坐起来，拉开床头柜的抽屉，摸出他送给她的爱华随身听。

"什么？"他问。

她不回答，神秘兮兮地插上耳机，自己戴左边那只耳机，给他戴上右边的。

"又要什么花招？"他笑着说。

然后，他安静了。

"你喜欢的歌。"她轻声说。她给他听的是《你在我心中》。

但他什么都没说。

她伸手去摸他的脸，摸到他眼里有泪。

"别乱动。"他低声喝止她，抓住她的手。

他们又亲吻、做爱，然后沉默地抱在一起。她突然觉得如果以往对他仍心存疑虑，现在是完全相信他了。

他俩一夜没有睡。四点半，宋斌定的闹钟响了，他说他必须得走了。她坚持要送他到车上。路上，他再次嘱咐她这些天不要联系他。他已经坐进车里，她又朝他大声喊了一句："你不能出事儿啊！"泪水夺眶而出。

"别哭了，我这种坏人命硬，死不了。等我回来，我回来一定娶你。"他说完，猛地发动车子开走了。

她看着他的车从小路拐上大路，像艘孤零零的船漂在一片漆黑的大路上，越漂越远，越来越小，最后，连尾灯的一点儿红光也消失不见了。她这时才感觉到清晨彻骨的寒意，一个人瑟瑟发抖地往家走。西天边的半轮月亮还没有沉下去，天蓝得那么深冷，路边的草叶上凝着白花花的霜冻。她泪流满面，想到他就是她一生中喜欢的最后一个男人，想到也许他从此一去不返，就像她哥哥、像孙向东，他们一个个把她丢下，一去不返……不，不，她又想，宋斌不会那样，这一次她不会再看错了。

一个多星期后，她听说宋斌投案自首了。断断续续地，她又听到其他传言，说他被市反贪局关在某个招待所，他们一直在审讯他，要逼他咬出什么大鱼……她不敢去想他会受多大的罪，一想她就心疼得整夜哭泣，无法入睡。她知道过去有些官员就在囚禁的地方自杀了。后来，有人来找她问话，他们把她带进某局的一个小房间里。两个男人坐在她面前抽烟，肆无忌惮地看她。他们有时很温和，劝她说如果她配合，也可以帮宋斌减罪；有时候又吓唬她，说宋斌可能会被枪毙，她也逃不了坐牢！无论他们说什么，她只装作是个傻气呆滞的花瓶，一会儿迷惑不解、反应迟钝，一会儿又恐惧万分。他们最后发现从她这里问不出什么，认定宋斌只把她当玩物，什么事儿都瞒着她，就放她走了。

有一天，她发疯似的跑到省城。她想去找宋斌的那个朋友，但她去了他工作的那个庄严宏大的地方就呆掉了，她发现除了他的名字她什么都不知道，门卫根本不相信她，甚至不让她靠近门口。她在离大院儿门口几百米的地方站了一下午，她想他总会下班走出来，那样她就能认出他。傍晚时，一辆辆车从大院儿里开出来，她才意识到那个人根本不会走出来，他会在车里，也许早就离开了。等她赶到长途车站坐上车，又想到幸好没有见到他，也许她去找他只会给宋斌带来更多麻烦。

不知道为什么，她那天晕车晕得很厉害，卖票的扔给她一个罩着塑料袋的垃圾桶，由她去吐。车到服务站中途休息时，她去了洗手间。在那里，她觉得胆汁儿都快吐出来了。她差点儿支撑不住栽倒，打扫卫生的好心女人从开水间给她倒了一杯水让她漱口。等她匆匆忙忙跑出来，发现她坐的那辆客车已经开走了。她满心凄凉、绝望，因为那是从省城回县里的最后一班车。

她在服务站里找了个地方坐下。后来，快餐店、便利店都陆续关了，只有外面加油收款的小店铺还亮着灯。她坐在灯光渐次熄灭的大厅里，置身于冰凉、空旷的昏暗中。后来，她把脸埋在双手里哭了，哽咽得几乎喘不过气。她的哭泣不只有悲凄，还有愤怒和不甘。她觉得有一股她永远无法理解也够不着的力量像黑暗一样死死地罩住她，是那看不见的巨大厄运杀死了她哥哥、带走了她丈夫，现在又让她喜欢的男人身陷囹圄……她恨那个厄运！她想，如果它现在变成一个实实在在的东西，站在她面前，不管它多庞大、多可怕，她都会扑过去用拳头砸它、用指甲掐它、用牙齿咬它，她要不顾性命地和它斗，哪怕被撕碎。哭一会儿，她又跑去洗手间呕吐。反复好几次，她像被掏空了一样。后来，她似乎平静了一些，歪倒在塑料椅子上蒙蒙眬眬地睡了一会儿。昏沉中，一波波汽车的噪声由远而近，幻化成了水波声、人的话语声，又逐渐消失。她疲惫不堪地醒来，看见灰色的晨光照进大厅，早晨的气息冷冽、新鲜、浓重，大厅里开始有人说话走动，知道新的一天又来了。七点多，从省城开往县城的大巴停在服务站，她坐上车，补了一张票回家。

回去后，她仍然经常呕吐，胃口也变了。她去买了验孕试纸，但验过以后还是不敢相信，又去医院做了检查。最后，在宋斌被抓后两个多月，她确定自己怀孕了。

11

她得不到宋斌的消息，只好去找李成光，想托他找人。李成光很冷淡，说好久没见了，没想到她会为了这种事来找他，她当初怎么对他说的，现在倒不在乎当别人情妇……无论他说什么，她一句也不反驳。李成光撒完气，沉默了半晌，然后说带她出去吃午饭。

饭桌上，他半开玩笑地说，他有好朋友在反贪局，可以帮她打听消息，但是他能提条件吗？她问他什么条件。他盯住她无耻地说，去和他开房。她站起身就要走，他伸手一把拽住她,说他当然知道她不会同意,他怎么会不知道她的脾气,他只是嘴上犯贱开个玩笑。她于是又坐下来。

"看来你是真喜欢他。不过……他对你是真心的吗?"李问她。

"是。他是个有情义的人。"她说。

李意味深长地看了她一眼,说:"我刚才说的那些难听话,你别往心里去,我只是嫉妒。"

她淡淡一笑,说来之前就做好了心理准备,准备听他说的任何难听话。

"这么坚强啊?都不像你了。"李挖苦地说。

李告诉她,他有个关系不错的哥们在局里,尽管不是直接经手这个案子的。

"姓宋的是条汉子,听说他们什么审讯手段都用了,但他一个人也没咬,自己全担下来了。我也敬佩他是条汉子。"他说完,注意看她的反应。

她低下头不看他,两手紧攥住杯子,但眼里还是控制不住地聚满泪水。

他说:"你哭什么,傻女人?我对你说这些的意思是他不会出大事儿,他不乱咬人,也不会有人想害他,外面的人反而会保他。你明白我的意思吗？"

她点点头。

李说："要是我出事儿了，你哭成这样，我死而无憾了。"

她不接他的话，对他说："你能不能叫你朋友帮忙说说话，让里面的人对他好些？"

他叹口气说："你放心吧，该说的话我肯定会说。现在基本审完了，他们也不会怎么逼他了。"

"要是需要给你朋友送礼的话，我可以……"

他生气地打断她："没这个必要，就算送礼也不用你去抛头露面啊！我就不会干这种事儿吗？"

她发窘地坐着，不再说什么。

他自觉刚才对她太粗暴，开始往她碗里夹菜。

"你多吃点儿，你看看你，愁得面黄肌瘦的。"他笑笑地说。

她这时抬起头，那双已经微微松弛下垂的眼睛温和地直视着他："你别给我夹菜了，我也吃不下。我怀孕了。"

李脸上的笑容凝固住了。他放下筷子，好一会儿，他自顾自地喝啤酒。

"我以前以为我不会再有孩子了。"她对他说。

"我知道，都是我的错。"

"我说这些不是责怪你，反正都过去了。"

"对，都过去了。"他说，沉默一会儿，又迟疑地问，"你打算要这个孩子？"

"当然要。"

"可是，万一他不能……"

"他能不能出来都要。"她打断他。

"那……姓宋的混蛋知道这事儿吗？"他问她。

"不知道。"

"要我给他捎个信儿吗？"他冲她勉强地笑了下。

"要是可以的话……"

"保证捎到，这是大事儿，他在牢里也会笑出声。"他嘲讽道。

她说谢谢他，起身倒了一杯啤酒递给他。

他接过她倒的酒，一饮而尽，说："你不能吃不能喝，就陪我多坐一会儿吧。有时候我心里烦得很，只想和你说说话。"

他说他和他老婆彻底闹翻了，已经分居。

"何必这样呢？还得一起过很多年呢。"她劝慰他。

他流里流气地说:"你以为我会闲着吗?我有别的女人,我还找小姐。你最了解我,我从来不是什么好人。"

"从来不是什么好人,但也不是坏人。"她轻声说。

他笑了下,没说话。

过一会儿,他瞥了一眼她的小腹,说:"我们也差一点儿有过俩孩子,好多年前,对吧?"

"三个。"她说,"你和我分了以后我自己又去做过一次。你还记得那天下雨,你带我去你的新房那边……应该就是那次吧。我没有跟你说过。"

他怔住了。沉默了许久,他拿双手搓了搓脸,说:"妈的……我年轻时多浑啊!"

他想开车把她送回县城,但她坚持自己坐公交车回去,说现在坐小车容易晕车。他把她送到车站。

"你回去吧。"她对他说。

"我看你上了车再走。"他说。

等车的时候,他俩静静地站着。眼前车来车往,风紧贴着路面吹,卷起一层绒毛般的、薄薄的灰尘。李成光转过头看了眼何丽,看到她眼皮泛红肿胀,两鬓靠近发根的地方已经泛白了。他心一酸,眼泪差点儿掉下来。

停一会儿,他严肃地对她说:"我明天就去找我朋友,你放心,我一定把事儿办好,信儿也捎到,但你必须答应我一个要求。"

"什么要求?"她问。

"你现在有了孩子,又是高龄产妇,得经常做产检。县里人多嘴杂,水平也不行,你以后就到市里来,让我陪你去。"

她还在犹豫。

他又说:"这一次你必须听我的。我不是为了你,是为了孩子。我不能让这个孩子再出事儿。"

见过她第一次以后,后来我也曾在县城里不同的地方见过她,都是焰火一闪般的相遇。她自然不会注意到我,我只是无数个流过街头的影子、无数张模糊的面容之一,是从自己所在的隐秘角落偷偷注视着她的某一个路人。我那时还不明白,究竟是什么样的美,让人如此难以忘记。我相信我是很多年以后,才渐渐辨认出那种美的特别之处。它是某种如气息般自然的东西,仿佛春风和柔、秋水明净。它又像一种光,温润、澄澈,把人笼罩其中。也许正因为我是一个远处的观望者,所以它对我来说绝不至于魅惑或让人意乱情迷,相反,它通向安宁、憧憬和莫名的怅惘,仿佛遥望着捉摸不透的、不可抵达的幸福。

高中毕业后,我就离开了故乡。之后的十多年里,我也曾回去几次,但只遇见过何丽一次。那天上午,我走去超市买东西,突然感觉到一个熟悉的身影在街对面走着。虽然她的模样比过去变了很多,而且还大着肚子,我还是一眼就认出了她。隔着马路,我不禁站住了,那种感觉几乎是不真实的,就像是看见了梦中的事物突然出现在现实里,并且变成了和梦中不同的模样。我站在街对面失神,某种东西深沉有力地击中了我:那个有些迟缓、笨拙但依然能看出昔日美丽的背影,突然间和所有旧时光粘连起来,而所有的旧时光仿佛一瞬间穿过了她,也穿过了我的身体。

从那以后,又十多年过去了,我再也没有见过她。三年前最后一次回乡,我和一位朋友离开一场酒局,因为都喝得半醉,就把车扔在酒店停车场,叫出租车回家。我们钻进那辆红色出租车后不久,朋友突然问我知不知道这家出租车公司的老板是谁。我说我怎么会知道。他说就是何丽的老公啊。"何丽就是我们老板娘啊。"开车的司机这时插话说，口气里似乎有股骄傲。突然听到这个名字，让我惊讶万分。我问朋友何丽的老公是否就是当年那个因贪污坐牢的男人。朋友说就是他，判了四年，不过三年就出来了。他接着评论说有本事的人终究是有本事，现在城里所有出租车都属于他的公司。我问朋友她是不是有个小孩儿。朋友说好像是有个女儿。"有个女儿，都快上初中了！"出租车司机又笑呵呵地补充……

也许是因为喝多了，听说她终于有了好归宿，有一刹那，我竟然双眼潮湿。我想，那些不幸、厄运终于都离她而去，就像一场灾难随着美丽的逝去终于平息了。

何丽的故事经常出现在我的脑海里。在过去三十年中，我所断断续续地见过的她的样子，从少女到中年，浓缩在那几幅褪色的、时空模糊的印象照里。我把它们当作她于其中沉浮的那些已逝年代的美丽碎片，我珍存着这些碎片，以及和她有关的所有听闻。我感到我们所有人——我哥哥、那天在树下注视着她走过的那几个少年，还有那位无端地告诉我她的现况的朋友，那个说起她就显得骄傲和快乐的出租车司机——都从她那里获取了某种东西：一种最初的美的启蒙或震动？一些原本不会有的感伤和怀想？一种动人的、遥望和暗慕的经历？……无论是什么，这些东西曾深深打动过我们，伴随着我们的成长，其美丽回响甚至延绵直至中年。以这种方式，她属于我们每一个人，也仿佛成为地方的另一种历史。

如今我终于写下了她的故事。你或许以为我刻意为她安排了这些不幸以便使故事曲折动人，但如果你有机会到我生长的县城，所有三十岁以上的人都会告诉你，的确有这么一个命运多舛的美人，而这就是她的故事。

丽娜照相馆

1

丽娜的人和她的名字一样,有点儿异国情调。当然,"异国情调"这个词是我后来才知道的,当我是个小男孩儿、她是个年轻姑娘时,我看到她,只是觉得她和其他人那么地不一样。丽娜长得高大白皙,鼻梁高挺,眼窝深邃,而且,她那头浓密的头发是自来卷。当烫发技术还没有开始流行时,她的一头鬈发就是县城里姑娘们最羡慕的发型。我们知道这种"不一样"和她妈妈有关,她妈妈是新疆人。那时候,我们不太懂得怎样赞扬一个人的美,我们觉得谁美，就会说她"长得像电影明星"。在县城几个有名的美人中，丽娜最像电影明星。

丽娜的父亲有个特殊的职业——拍照片。他开了一家照相馆，在八十年代，那是县城里唯一一家照相馆，照相馆的名字就叫"丽娜照相馆"。照相馆的玻璃橱窗里，展示着他拍出的精品，大部分都是丽娜的照片。她在各种大小不同的相框里涂着口红、描画了眉毛，有时侧面，有时正面，有时笑得露出上面一排洁白的牙齿，有时抿紧嘴唇，若有所思；她的眼睛就像星辰一般明亮，像湖水一样深邃……每个经过的人都忍不住驻足观看。

丽娜父亲用的照相机是个大家伙，比人还要高得多，平时用一整幅黑丝绒布蒙起来。有人去照相，他先把凳子、布景都布置好，让人想好要摆的姿势、想做的表情，最后才揭去那块黑色的丝绒布罩，仿佛那是一整套仪式里最郑重的一步。拍照时，他会非常温柔地（在我们那里没有男人会这么温柔地说话）提醒你眼睛该往哪儿看、手最好放在哪里、要想些什么事儿才能显得自然……等到一切就绪，他自己迅速消失在那黑色的庞然大物后面。从那后面，他的声音传来，要你注视那块深邃的、黑色小窗般的镜头。突然，一道强光闪过，你忍不住眨了下眼睛，同时听到机器的某个部分发出一声"咔嚓"的脆响，然后，拍照的男人从机器后面的凳子上跳下来，说"好啦"。

　　对我们小孩儿来说，照相馆是全城里最神秘的地方之一。除了那个总是被遮盖起来的、能抓人影像的庞然大物，还有一面用暗红色金丝绒布遮起来的墙，据说后面藏着一个完全黑暗的小隔间，照片就是在里面冲洗出来的。照相馆的另一面墙上靠着好几幅不同的背景：桂林山水的背景、花团锦簇的背景、蓝天白云的背景、飘满金黄落叶的大道的背景，还有各种纯色背景。据说，这些背景都是拍照的男人自己画的。一个靠墙角放的大木箱子好似百宝箱，里面是各种拍照用的道具：娃娃、玩具车、绒毛动物、绢花、纸伞、塑料吉他、小鼓……一张小木桌上方钉着一个椭圆形的镜子，桌子上放着我们所不理解的各种形状奇特、颜色鲜艳、散发出甜香的小东小西。后来我们去照相，看见姑娘们在镜子前坐下，在那男人的指导下打开盒子，往脸上扑一种粉末，又看见她们拧开一个细细的小管儿，往嘴唇上一涂，嘴唇立即变成了樱桃般的颜色，我们才知道那些小东小西是用来使女人变得更鲜艳美丽的。

所以，这个男人会拍照，会画画，还会使女人变得美丽。在我们看来，他是个魔术师般了不起的人物。但大人们却不怎么看得起他，一开始我们以为这是因为他说话轻声细语，身材又瘦小。但长大一点儿，我们从大人隐隐约约的交谈里知道了真正的原因：丽娜的妈妈，也就是那个在回民食堂干活儿的高大的新疆女人，年轻时曾经和别人跑过，后来她又回来了，而他竟然还要她。这在我们县城里是说不过去的，是一个男人的奇耻大辱。遇到这种事，正常男人的做法都是把女人打个半死再永久地赶出家门。但不管大人们多么轻视他这种"不像个男人"的作风，他们还是要去他那里照相，也不得不承认他的技术好。

自我记事起，每年我过生日，妈妈都会带我去丽娜照相馆拍照留念。一开始是黑白照，后来有了彩照。小时候，我照相很乖巧，但稍微长大一点儿，反倒害羞了。我记得八岁那年，妈妈又带我去照相，因为我表情僵硬、眼神乱瞟，拍照的师傅没生气，妈妈却生气了。她在照相馆里训斥我，惹得我更不愿配合。就在他俩都一筹莫展的时候，丽娜姐姐突然从外面进来了。往常，我或是在照片里或是在街上远远地看见过她，如今她突然出现在我眼前，站在离我那么近的地方，简直像一团耀眼的光，让我不敢抬头看她。她轻声细语地对我说话，安慰我不必紧张，说眼睛不知道往哪儿看的话等会儿看她手里拿的东西就行了。她父亲已经消失在相机后面了，她手里拿着一枝女孩子拍照用的绢花，站在相机的一侧。突然，她又跑过来，调整了我放在腿上的两只手的位置，说这样更自然些。她跑回去，喊我"小朋友"，让我看她手里举着的那枝花。我心乱如麻地看向她手里的花，就在这时，那道强光闪过，我闭上了眼睛。等我再睁开眼睛，她父亲说照片已经拍好了。我的目光从花上扫到她脸上，看到她正对我笑。

回家的路上，妈妈还在唠叨我越大越不会照相，我一句话也不想说。妈妈还以为我在生气，其实我只是受了太大的震动。一想到丽娜跑过来，把我的两只手摆放好，我脸上又热乎起来。回到家，我一个人跑到院子里待着，因为这样我才能好好回想刚才的情景，回想她举起手臂、拿着一枝花的样子。想到这些，一种温柔的、潮水般的东西仿佛在我的身体里、意识里涨满了。我想，她可能比我大十岁，她就像街上的磁带店里总在播放的那首歌里唱的：十八的姑娘一朵花，一朵花……

2

又过好几年，我已经读初中了。照相馆的橱窗里，丽娜的照片换了一批又一批，大街上姑娘们的服饰潮流也更换了一波又一波，可丽娜还是一个人。大家都说丽娜因为长得美眼光太高，不大看得上县城里的小伙子，又责怪她的父母太顺着她反倒把她耽误了……我想，丽娜有什么错呢，确实没有一个我见过的年轻男人配得上她。她就像一颗熠熠生辉的宝石，而他们就像路边的小石子儿一样普通、土里土气。

九十年代初，有外地人来我们县建了一个小皮具厂。厂在县城东郊，招了几十个工人。我们只知道开厂的是南方人，但究竟是哪个南方，我们并不知道。凡是操那种软糯的南方口音的，我们都叫南方人。现在想来，那个老板大约是浙江那边的人。当时县城里付费住宿的地方都叫旅社或招待所，只有一家金城宾馆，当得上宾馆这豪华的称呼，而那个人就长期住在金城宾馆的包房里。对我们来说，只有钱多得不可思议的人才有可能长期住在宾馆，何况他还有一辆白色的轿车，懂行的人说那是进口车。我们偶尔在街上碰到那个人，他看起来不怎么年轻，但也不怎么老，仿佛介于青年和中年之间。他的衣着、发型、姿势都和本地男人迥然不同。总之，他显得和周围格格不入，却又有一股独领风骚的气质。

厂子建好一年多，一个轰动的新闻在城里炸开了——丽娜和那个南方来的老板好上了。这是大家综合了几条线索后得出的确切结论：有人看见丽娜和那个人夜里一起去看电影；另一个人看见丽娜坐在那个人的车里；还有个在皮具厂上班的工人信誓旦旦地说，他有天上夜班时看到丽娜和那个人一起从他的办公室里拉着手走出来……丽娜已经是二十多岁的大姑娘了，她要和一个男人谈恋爱似乎也不是什么让人惊愕的事，但和一个南方人好上，这伤害了县城里无数年轻男人的心，也包括少年的心，譬如我的好朋友肖勇。

肖勇家和丽娜家住在同一条巷子里，他经常对我吹嘘又在什么时候碰到了丽娜，描述在那条狭窄的巷子里，他如何勇敢地径直冲她走过去，他如何像流氓一样眼睛死盯住她不放，看得她脸红心跳，把头低下去，他如何吹着口哨和她擦身而过，近得几乎蹭到她那高大丰满的身体……有时，我去找肖勇玩儿，也抱着能在他家附近遇到丽娜的侥幸念头。我们俩故意在巷子里说闲话，一个靠墙站着，另一个跨坐在自行车上，抽着烟左顾右盼。有时我们在巷子口那条街上一个钟头一个钟头地游荡，希望碰巧丽娜出门或回家。我们确实在巷子里看见过丽娜两次，但我俩既没有像原先商量好的那样前去堵住她的路，肖勇也并没有表演他吹着口哨径直走过去，故意碰到她身体的"绝技"。我们只是大气也不敢出地、眼睁睁地看着她走过去。还有一次，我们俩去照相馆附近的一家音像店，一进店门，就看到丽娜倚着柜台，正和卖磁带的男人说话。她看见肖勇，大方地叫他小勇，还冲我们笑，笑得人心里仿佛要融化一样。而他呢，勾着头，脸红到了脖子根儿。

听说丽娜和南方人好了以后，肖勇很气恼，说他要是再大几岁，就去追她，绝对轮不到这南蛮子下手。我说，她可比你大十来岁。

"九岁。"肖勇纠正我说。

"那你妈也不愿意。"我说。

"废话！我才不管我妈。我爸我妈谁也管不了我。"他说。

这个我相信。不过，我说，反正也是不可能的事儿。

"怎么不可能？"他竟然恼了，用他从录像厅看的港片里学来的口吻说，"我就是喜欢这个味儿的妞儿，从小就喜欢，我才不在乎她比我大多少。反正要搞到手。"

"这个味儿是什么味儿？"我好奇地问他。

他被我问得愣住了，然后说："给你说你也不明白，书呆子。"

我说先别扯那么远的事儿了，想想这南方人是怎么得手的吧。

"还能怎么得手？去照相馆勾搭她呗。她天天在那儿帮忙。去一次，去两次……妈的，就仗着自己有几个臭钱儿、说一口蛮话。"

"怎么勾搭？她爸爸也在那儿呢。"我说。

"她爸爸根本什么都看不出来，他要看得出来，当初丽娜她妈也不会跟人家跑了。"

几个月后，关于丽娜和南方人相好的流言又升级了。新的流言是从金城宾馆的服务员那里传出来的，对我们来说，这信息来源本身就很可信了。大人们因此确定丽娜已经堕落，堕落在一个不知底细的外地人手里，他们哀叹一个漂亮姑娘就这么轻易地把自己名声毁了。"她除非嫁到南方去,留下来谁还会要她?"他们说。但转而又说:"她爸妈怎么舍得她嫁到南方去?就这么一个闺女。"事情看起来两难,但每个人想到的问题都是丽娜难以选择——选择和那个人走还是选择留在老家陪父母。

这"丑闻"发生在我们初中的最后一个暑假。肖勇对我说,干脆半夜去把那不要脸的南方人的车砸了。我说要给逮住了我们两家的房子卖了恐怕都赔不起。他又想到夜里躲在哪儿伏击那个人,把他痛打一顿。我说我不干这种事儿。他骂我没血性。我说我又没想追丽娜,干吗打她男朋友。他沉默不语了。最后,他说早知道这样,应该不管三七二十一,先把她睡了。

"和你?人家当你小毛孩儿。"我笑话他说。

"废话!男人十四五睡女人绰绰有余。"他说。

"怎么睡?"我说。我的意思是说人家不愿意和他睡。

但肖勇显然理解错了。"笨啊!"他恨铁不成钢地冲我嚷嚷,"把她的衣服脱光,压她身上……"他说着,用鞋子狠踢脚底下的土块儿,一个接一个地把它碾碎。

3

丽娜和那南方人公开地在一起了。他俩一起下馆子，一起逛商场买东西，一起开车出游，还在街上手牵着手散步。

县城里的人们在各种地方看到这两个人，他们最终选择用严厉的冷淡、愠怒的蔑视对待这对恋爱得肆无忌惮的男女。但在私下的议论里，他们的愤怒主要是针对丽娜的，因为丽娜是女人，女人就不应该被诱惑，而本着"肥水不流外人田"的原则，她更不应该被一个外地人诱惑。他们开始回忆，说丽娜的妈妈当年也是跟一个外地人跑了，她们这种女人就是性子野，像山里的野马一样，何况那样的长相和身段，就是容易被男人招惹的……

而丽娜却不把全县人民的愤怒放在眼里。在照相馆的橱窗里，她摆放出来的照片更加撩人心火，甚至穿着外国明星们穿的那种露出整块脖子和半块胸部的丝绸裙子，赤裸裸地"伤风败俗"。她本人则终日披散着垂到腰际的一头鬈发，穿着新潮的衣服，走路时挺起她那高耸的胸脯，高跟鞋噔噔噔地敲击着柏油路面。碰到对她客气相待的人，她就和人有说有笑，一双杏眼里满是笑意。而对那些看不起她或怀着敌意的人，她就拿那双眼睛挑衅似的直视他们，或是用冷冷的眼神斜扫过去，扬起下巴，摆出一副高傲、桀骜不驯的模样。

她和南方人爱得轰轰烈烈，但对于县城里的人来说，这恋爱期未免拖得太长了，女方付出的恋爱成本未免过高了。将近两年里，他们看见她和南方人出双入对，听到有关他们的一条条传闻，却没有得到确切的婚嫁消息。那年临近春节，城里的人们终于听说丽娜准备去南方了，这个消息是她妈妈亲自到处散播的，意思是那个人终于要带丽娜去见他的家长，谈婚论嫁了。我们想，她要走了！不知道多少人在为此黯然神伤，当然这些大多都是男人。

出远门的那天上午，丽娜穿着一件大红色鸭绒袄，戴着灰色毛线围巾，提着一个崭新的黑皮箱站在巷子口。她父母和她一起，就在那里和女儿告别。她母亲一直拉着她的手，不停地嘱咐着什么，那瘦小安静的父亲站在一旁，神色有些忧伤，不时深情地看一眼自己的女儿。他们那副样子像是为她送嫁。过一会儿，那辆白车来接她了。她上了车，又几次从车窗里朝他们招手。车开走了很久，她父母还站在巷口，仿佛在告诉来来往往的路人，他们的女儿刚刚走了。

但大约半个月后，丽娜回来了，那个人没有和她一起回来。接下来，流言四起。有人说那人的父母坚决不愿意，把丽娜打发走了，把儿子扣留在家里；也有人说，那个人根本没有带丽娜去他家，只是带她在外面溜达了两个星期，她看没有希望，就自己回来了；还有一种说法，说丽娜去了以后发现那个人在老家已经结过婚了……到底哪一种流言是对的，只有丽娜自己才知道。但丽娜什么都不会说。

那南方人再也没有回来过。厂里又开工以后，来了一个上了年纪的南方人，接管厂里事务。很长一段时间，丽娜没有在街上出现，也没有去照相馆。我们听说她生病了，在家里养病，不愿见人；又听说她闹过绝食，试图自杀……谁也不知道那半个月里究竟发生了什么，这件事对她造成了什么伤害。无论如何，事情的结果和小城里人们的预测出入太大，因为大家之前考虑的都是丽娜会不会跟那人走的问题，从没有想到像她这样美丽的女人也会被人抛弃。那段时间，大家提起丽娜，仿佛都陷入一种茫然、有些屈辱又愤愤不平的情绪中。毕竟，丽娜是"我们的"姑娘。

照相馆里只有那个瘦弱的男人一个人忙碌了。他那架庞然大物早已退役，现在他用新的小型照相机，支在一个架子上。照相馆一下子显得地方很大，空荡，冷清。橱窗里的照片很久没有更换，镜框上落着灰尘。如今县城里开了别的照相馆，他的生意不像以前那么好了，没有顾客的时候，人们看见他坐在照相馆的小桌后面发呆。他老了，头发花白稀疏，人似乎更加矮小瘦弱了。人们私下议论说，这个男人心里该是什么滋味呢？自己的老婆和女儿都跟人跑过，又都回来了，就像被人用过的货物又给退回来……

那时候，我和肖勇已经上了高中。我们被学习压得喘不过气，所有时间都耗在学校里，回家只是睡一觉。我俩很少有机会谈及他那美丽的邻居了，也再没有时间在巷子里、街边游逛，制造什么偶遇的闹剧。偶尔谈起丽娜，肖勇都会心灰意冷地说，她已经被那南方人毁了。

"要是她的心气不那么高，她也不会摔这么狠。"他像老年人那样说道。

"主要是没遇上靠谱的男人。"我说。

"男人有几个靠谱？"他又像女人那样抱怨，"哪有这么蠢的娘们？遇上个喜欢的，还是外地人，都不知道人家底细，就和人家睡了，把什么都给人家。"

"就是，也太蠢了。"我只是顺着他说。

他却狠狠瞪了我一眼："我就喜欢这种蠢娘们，头脑发热型的，那些装腔作势的我看见就烦。"

好长一段时间后，丽娜又出现在照相馆里。人瘦了一圈，那种肆意发光发热、满身活力的姿态也不见了。有顾客进来，她就含笑打个招呼，但大部分时间都安安静静，像是要把自己的笑、自己的声音、自己的心事都收敛起来。照相馆重又变得窗明几净，原本落满灰尘的相框、架子、橱窗都被她擦得光亮如镜。但橱窗里她自己的照片都撤去了，挤满了本地其他时髦女郎的照片。

她父亲开始让她给顾客拍照。他笑着对老顾客们说，这照相馆现在是丽娜的照相馆了，她的技术比自己好，又会设计，自己在这儿就是帮忙、打下手的。丽娜慢慢接手了照相馆。后来，她把照相馆重新装修了。原先那个垂着丝绒帘幕、仿佛睡意蒙眬的地方变得鲜明敞亮，朝向大街的整面墙都开成了橱窗，屋顶重新装了吊顶，墙壁上画着各种背景：旋转的室内楼梯、开满鲜花的欧式小镇、港式的夜景、大海和帆船……丽娜在里面忙忙碌碌，年岁渐长，成了人们所说的"老姑娘"。

4

丽娜的第二段情事发生时，我已经考上大学，离开了家乡。肖勇则去了杭州，跟着他的亲戚学开出租车。所以，关于这段情事，我只是回乡时偶尔从家人或朋友那里听说的。

丽娜交往的第二个男人是她的高中同学。这个男人是我们本县人，但早些年就去市里下海经商了。他当年也是丽娜的追求者之一，但她没有看上他。后来，当他再从市里回来、在县里投资开了一家高档餐馆时，俨然已经是人们眼中的成功人士了。他的餐馆有三层，没有堂吃大厅，除了前台，一楼二楼全是包间，从双人包间到二十人包间大小各异，卖的是广东菜。三层除了办公室和他的住所，还有一间巨大的游戏房，游戏房里可以打台球，也可以聊天、抽烟、看电视。去这家餐馆吃饭的普通人不多，多半是县里的领导们和有钱人。

这个男人不知是为了弥补当年求爱失败的遗憾,还是又感受到了什么新的吸引,开始狂热地追求"老姑娘"丽娜。但每个人都知道,他在市里已经有家了。他自己仿佛不把这当成一个障碍,依然想方设法靠近她。他没事儿就去照相馆找她聊几句,让餐馆的员工给她送午饭,还像电影里那些浪漫的男人一样,时不时给她送花。

可能因为这些手段不怎么奏效,男人开始用他最擅长的商业手段,像他这种早早发家的生意人,往往是不达目的不罢休的性格。他花钱把照相馆楼上的房子租下来,然后拿着租赁合同去找她,说他租的地方免费给她用,装修和购买新设备的钱他也可以投资,两人来合伙办一个正儿八经的影楼。他策划说一楼可以拍普通的照片,二楼可以专门用来拍婚纱照。这主意对丽娜太有吸引力了,因为她正想搞些新名堂,把照相馆弄得与众不同,但她没有足够的钱。

因为成了合伙人,他就有很多机会名正言顺地到照相馆里来,看她指挥装修,听她谈她的计划,看她记的账目……他毕竟见多识广,又有做生意的经验,给了她很多有用的建议。他还开车带她去省城，专门去参观那里最有名的几家大影楼。为了让她亲自体验别人的婚纱摄影服务，他非要让她去拍照。后来，又流行拍个人写真集，他马上带丽娜去参观、学习。他的努力这次用到了恰当的地方，因为丽娜需要的就是这些——开阔的眼界、新鲜的念头和体验。

"丽娜照相馆"更名为"丽娜影楼"的那天，也许是丽娜人生中最风光的一天。她开了县城里第一家两层的豪华影楼，也是第一家提供婚纱租赁和婚纱摄影的影楼。新影楼开张以后，她尽量不让父亲来店里了，担心他会让年轻姑娘们感到拘束。她招了一个年轻女孩儿做助手。丽娜热情地投入到她的新事业中，她后来又特地去学开车，买了辆二手车带顾客去拍外景。

她终于恢复了以往那种爽朗的脾性。人们经常看到她穿着工装裤和衬衫、扛着摄影器材在外面拍照，听到她那银铃般的嗓音在说着话、笑着。她的脸又妩媚起来，眼神活泛，看谁都含着笑。遇上古板或羞涩的新娘新郎，她总是一边拍照一边逗他们，让他们放松下来，变得柔软。人人都看得出，丽娜很快乐。但这快乐让人们疑惑，因为在那个地方，女人最重要的事情是婚嫁，而像丽娜这样年纪的女人，几乎是注定嫁不出去了，也没有孩子，她为什么还能快乐呢？可那快乐又是实实在在的，像迎面而来的热腾腾的气息。

几年之中，人们都知道丽娜背后有那个男人支持，但也抓不住他俩在一起的实质证据。既然那人是她的合伙人，两人相互走动似乎也天经地义。但最后还是出事了。事情是在省城发生的。那一年，丽娜大概三十七八岁。据说，她当时和那人在一起，那人的妻子和她的几个朋友一路跟踪，当场抓住了他们。她们带有剪刀，混乱中，剪刀在丽娜左侧的额角和耳朵之间划了一条刀痕。如果不是那男人拼命挡住她，她们可能还会多给她几下子。事情就是这样狗血地暴露了，两个人都受了伤。

出事后的那段时间，影楼暂时关门了。有一天，有人在影楼的橱窗玻璃上、门上用红漆写了不堪的东西。后来，丽娜的父亲出现了。那瘦小、满头白发的男人提着水桶，拿着抹布、刷子、泥抹子，前来清理女儿受辱的污迹。路过的人替他难堪、难过，但那人自己却没有一副凄惨破落样儿，他神态平静专注，似乎只是沉浸于手头的活儿。他一点点地刮擦掉玻璃上的漆,还把店门重新粉刷了一遍。

如同大多数这类的情事,一开始总是烈火烹油,结局却往往草草收场。听说那男人的妻子威胁要抱着女儿一起跳楼,总算留住了丈夫。那家高档餐馆很快转手了,男人老老实实地回到他市里的家。这一次,丽娜还是孤身一人被抛下了,留在原地,留在目睹了她的又一次失败的小城。同样地,她什么也不说,不向人哭诉、抱怨,默默地承受她的损失、她的耻辱。只是,那美丽的脸上多了一道伤痕。

5

二〇一八年,我带妻子和儿子从南方回老家。有一天,我妈说趁着我们在,去照一张全家福吧。她打电话把姐姐一家也叫过来。然后,我们全家浩浩荡荡步行去照相的地方。突然,我发现我们是在沿着南北大街一直向北,朝人民大礼堂的方向走。

我问我姐:"这是去哪家照相馆啊?"

姐姐说:"就去老丽娜照相馆吧。你说呢?"

我说:"好,好。"

"丽娜照相馆还在?"我又问她。

"原先那栋楼早就拆了,现在是在新楼里,不过地方还是那块儿地方。你还记得那地方?"她问我。

"记得。"我说。

过一会儿,我还是忍不住问照相馆的老板是否还是丽娜、她后来是否成家了。

"她一直单身。"姐姐说。

在原来那座两层水泥楼的旧址上,矗立着一座宽大、拐角处有弧度设计的三层新楼。丽娜影楼就在东方生活超市旁边,粉色的招牌上装饰着气球。我们走进去,两个年轻人立即上来招呼我们。我姐告诉他们,我们是来拍全家福的,他们热情地叫我们过去,看看用什么背景,中式的还是西式的。我朝四周打量,看到的是一个新潮影楼的装饰:明亮的落地窗,一幅幅垂挂下来、用按钮控制翻卷的布景,还有各种摄影灯、反光板……

我姐随口问道:"你们老板呢?今天不在?"

"丽娜姨在楼上呢,你要找她吗?"给我们翻看布景的那个年轻人问。

"没事儿,就是问问。"我姐说。

等我们选好背景,在两个年轻人的指导下有坐有站、参差排好以后,一个年轻摄影师过来给我们拍照。大人们都准备好了微笑的表情,但我儿子开始骚动不安。他本来在奶奶腿上坐着,这会儿不耐烦了,扭动着想下来,一会儿又转过头来想找他妈妈(站在后面一排)。一个年轻人开始去找玩具。这时,三个年轻男女从楼梯上说着话下来。跟在他们后面的是一个身材高大的中年女人,留着过耳的、微卷的短发。

"丽娜!"我姐喊了她一声。

她立即走过来,热情地问:"你过来了?全家都来了?是拍全家福吗?"

"是啊。"我姐说,"我弟一家也从南方回来了,趁这机会照个全家福。"

她这时看着我,问:"哦,你从南方回来了?好几年没回家了吧?"

"对。"我说,竟想不出还能说些什么。

她打量了一下摄影师和旁边那个年轻的助手,一下子就看出了问题所在。她从年轻人手里接过一个企鹅手偶,蹲在我儿子面前，手指轻巧地晃动着，那企鹅像是立即活了。我儿子被吸引住了。她问他叫什么，我妻子替他回答说叫"晨晨"。她说："晨晨，你看小企鹅要游走了，你看着它，看它最后游到哪里。"她边说边站起身，慢慢向后退。企鹅依然在她手上灵活地游动着。最后，她退到摄影师的侧后方，手臂举起来，喊晨晨看她手里的企鹅。摄影师会意地连续按下快门。就在那一刻，我想起很多年前手里举着绢花的她，想起老照相馆里那台巨兽般的蒙着黑布的照相机，想起她父亲，也想起早已失联的少年时代的朋友……那么多回忆拥挤着，发着光，带着温热，一股股流过我的身体。

拍完照，她特意过来把企鹅手偶给我儿子玩。她离得更近了，专注地看着晨晨，那双大眼睛似乎因为松弛塌陷而变小了，有点儿神奇的是那张五十岁的脸上依然有种姑娘般的神情。突然，她仿佛察觉到我在看她，仰头冲我笑笑。原本遮盖着她的左侧脸的头发这时向后甩了一下，于是，在靠近耳朵的地方，我看到了那条疤痕——它已经变得很淡很淡，仿佛脸上一道特殊的皱纹，象征着爱和伤害，象征着她桀骜、倔强却注定孤独的一生。

南方的夜

八十年代后期,我们县城有三个出名的美人:何丽、丽娜和红霞。她们美得迥异。何丽有标准的古典美人的五官,行为举止里透着温柔的羞怯。丽娜丰满而美丽,性格本分,有点儿像外国人,我后来才知道这种与众不同是因为她母亲是维吾尔族的缘故。三人之中,红霞明显不如另外两个漂亮,她眼睛不大,身材也平了些。可她身上有股说不清的味道,使人不能不注意到她。那时候,县城街上几乎没有女孩儿骑摩托车,但红霞有辆白色小摩托,我们经常看到她骑着摩托风一般掠过大街。她的白衬衫扎进牛仔裤,顺滑的直短发迎风飘拂,身姿笔挺,像个气度不凡的骑手。

后来,我看的一部港片,似乎帮我解开了秘密。这部老港片没有任何影响,也没有当红明星参演,是我混电影院时无意中看到的。当年,县城的影院规定十岁以下的孩子跟大人进场,不必买票。所谓混电影院,就是当看电影的人群蜂拥检票进场时,我们几个迅速分散开,每人跟在事先"盯上"的一对成年男女身后,让检票员误以为是他们的小孩儿或弟弟妹妹,就这样混进去免费看电影。很多年过去,混电影院时看过的古今中外的电影大多已在记忆里烟消云散,但那部港片《靓妹正传》却清晰如昨。当时,影片里的阿珊一出现,我就惊呆了,仿佛我们街上的红霞跳进了大银幕。我突然明白了长得并不特别好看的红霞为什么能跻身"三美",因为她和电影里的阿珊一样,有股女孩儿身上罕见的清爽、帅气,这股帅气很都市、很港味儿。

我和红霞没什么交集。她比我大十来岁,是我哥哥那代人。他们读高中时,哥哥给她写过信,但没写几封就被她妈发现,找上门来。于是,这段"不良早恋"没开始就被迫终止了。九十年代初,我读初中时,红霞从县城的街道上消失了。听说她辞去税务局的工作，南下广东了。一九九六年底，我哥哥也去了广东。在那里，机缘巧合，他们遇见过几次。哥哥给我讲述了他们会面的情景，我把他零零碎碎的描述加以修补，整理成下面的故事。

那是我到深圳后的第二年。一天晚上，我和单位同事以及同事的朋友一起吃烧烤。同事的朋友带着他的女友，那女孩儿在一家台资电子配件厂工作。她听说我是河南西城人，惊讶地说那我可能认识她的朋友。我问她的朋友叫什么，她说叫红霞。我说红霞我肯定认识，她在我们县里是名人。她问我红霞为什么是名人。我说因为她美啊。那女孩儿有点不相信似的笑了。我想，并不是每个人都能看出她的好的。

我又问那女孩儿：你和红霞很熟吗？她说，当然了，好姐妹啦。然后，像是为了证明她说的是真话，她立即给红霞拨打电话，说帮她"捞"到了一个靓仔老乡。她们说笑了几句，她把电话递给我。我接过电话，报上我的名字。我听到那边"啊"地惊叫一声，连声问："是你啊？""真是你啊？！"的确是红霞的声音，尽管她在电话里讲普通话。

"你也到南方来了？什么时候过来的？"她问我。我说来了一年多了。她怪我怎么不和她联系，说我来之前可以去她家要她的联系方式啊。我笑着说："哪儿敢去？害怕你妈。"她大笑起来。因为周围人声嘈杂，我们只简短地聊了一会儿，交换了电话号码。打完电话，其他人笑话我打个电话怎么打得面红耳赤，肯定心里有鬼。我说明明是酒喝多了。

但当晚那股兴奋劲儿过去，我反倒犹豫要不要给红霞打电话了。我想如果打电话，肯定要约见面，但不知道为什么，我有点儿羞于见她，或者说，我虽然想见面，但感觉自己还没有准备好。我刚来不久，连个像样的住处都没有，而听说她自己做生意，发展得很好，我若急吼吼地找她，像在高攀人家。我当时在一家培训公司做文案，工作非常忙，周末都得加班，慢慢地，就把约她见面的事推后了。

有一天，我接到了她的电话。她没有问我为什么没和她联系，我倒自己觉得羞愧，撒谎说那天晚上把她的电话记在纸条上，喝酒时不小心把纸条弄丢了。她笑了，笑的声音有点儿让我心虚，似乎一下子听出我在撒谎，却并不在意。她说她也忙得很，所以到现在才想起给我打电话。她问我到了这边以后情况怎样，我大致说了下工作的情况，说挺忙乱的。她安慰我说初来都这样，慢慢就上手了。又聊了几句，她说如果我这个周末不上班，就见面一起吃个饭吧，太久没见过老家来的人了，很想。我说周末白天也经常要加班，晚上可能有时间。说完我就后悔了，心想晚上她恐怕是不方便的。但她说晚上也可以，说她家附近有一家重庆鸡公煲不错，问我能不能吃辣。我说，辣的最喜欢。她笑了，说果然是老家人，口味重。打完电话，她就把餐馆的地址发给了我。

那家餐馆在福田区的华强北，而我当时住在龙岗区的一个城中村。那天下午，我转了三趟公交车，才找到那里，仍然比约定时间迟到了半个小时。服务员把我带进一个用竹编的隔挡围起来的、清雅的小隔间，她已经在里面了。我狼狈地解释路上转车耽误了，她说她也刚到，没怎么等，又说不该让我跑这么远，主要是这里离她的住处近，吃完饭走过去方便，老家的规矩，来了一定得去家里坐坐。我赶忙抓过菜单说这顿饭必须我请，因为我迟到。她说她刚才已经点了菜，她经常来，知道什么好吃。她提起那个粗陶的茶壶,给我倒上一杯茶,感慨地说:"好几年不见,想不到在离家这么远的地方见了面。"

我喝着茶,从匆忙狼狈的状态中慢慢缓和过来。菜上来以后,我们的谈话更顺畅而愉快。她询问我的工作、生活情况,我说了很多,最后免不了夹杂些抱怨。后来,我们又说起家乡的一些人、地方上的改变。我告诉她我们读的高中又盖了新校区,就在贾鲁河边,城北那个湖被填了,上面盖起住宅小区;告诉她我们县的大美人何丽嫁了个警察;还有,当年教我们的那位时髦的英语老师离婚了,然后和他的学生结婚了……她听得入神。我问她怎么这么久没有回老家,她说她在赛格电子市场有个柜台,销售电脑配件,就这么一个小生意,时时刻刻都离不开人。我说你太厉害了,成女强人了。她说什么女强人,只是个小老板,赚点儿辛苦钱。但从她的笑容里,我看得出她对现在的事业很满意。

吃完饭,她邀我去家里坐坐。我们一起往她的住处走去。深秋的天气里,她穿着黑色高领针织连衣裙和牛仔外套,还是那头顺滑洒脱的短发,但看起来又和以前不太一样。后来,我察觉到那首先是因为她的眼神不一样了。过去,她的眼神飒爽、冷傲,仿佛不怎么看人,如今变得温柔亲切,甚至还夹杂着一丝兴奋。我们大概走了十分钟,走进一座外面看像写字楼的酒店式公寓。我们乘电梯来到十八楼,走上一条狭长、寂静的过道,地面铺着灰色地毯。走道两侧是一扇扇灰白的、密闭得无一丝缝隙的门,门后没有任何声响传来。这里和我住的地方完全不一样,我那栋楼的走道里充满了各种嘈杂的声音,人人仿佛都开着门做饭、看电视、过生活……

她住的是个一室一厅的单元,屋里并没有当时广东流行的酒店式装潢,显得简约、明净。客厅的落地窗外就是华强北灯光璀璨的夜景。她问我喝茶还是喝咖啡,我说随便什么都可以。她说到了南方也学会了泡茶,就泡茶吧,边泡边聊,更有意思。

我说,住在这样的地方,应该就是很多人怀揣的"特区梦"吧。她笑着说我太夸张,说这房子只是租的,她还买不起。

"租金也很贵吧?"我问。

她说了个数目,差不多是我两个月的工资。

"你出来是对的,虽然那时候你放弃了机关的铁饭碗,大家都觉得可惜。"我说。

她说她也这样觉得，起码眼界开阔了很多，知道了很多自己以前不知道的事，还做了自己以前觉得根本做不了的事。

"放在过去，我根本想象不到你能做生意。"我说。

"我自己也想不到。"她兴奋地说，一双眼睛显得异常明亮，"但我发现我挺喜欢工作的，喜欢忙起来。刚开始，常常忙得一天只能吃一顿饭，但我觉得好充实。一辈子禁锢在小县城里，在机关里坐班儿混饭吃，像我爸我妈那样，我可受不了。"

后来，她讲到刚来时的懵懂，闹的那些笑话，讲她怎么在电子厂找到工作，怎样慢慢熟悉了业务，因为认识了一位经商的朋友而动了自己创业的打算……她当初借了好几个人的钱租下柜台、进了第一批货。

"你胆子真大。"我说。

"在这边做事，就是需要胆子大一点儿。"她说。

"要是还不了呢？"我问。

"只要好好干，肯定能还上钱，这个账我算过。"她确定地说。

我对她讲了我的打算,说等我对培训业务熟悉了,也想开一家自己的培训公司。

"好啊,太棒了!"她说。

"我需要积累更多经验和客户资源。"我说。

"到时候需要资金告诉我。"她爽朗地说。

"真傻,没见过主动提出借钱给人的。"我笑着说。

"我才不借钱给你,我们合伙,你赚钱了给我分成不就行了?"

"那一言为定。"我说。

"一言为定。"她说。

那天晚上,我们聊了很多。本来,来深圳一年,我感觉有点儿受挫,甚至有点儿疲倦,但那天晚上,她好像又让我燃起了对都市生活的热情和对未来的憧憬,那憧憬美好而强烈。有一会儿,我看着窗外繁华的特区夜景,心想我必须占有这"璀璨"的一部分,就像她一样。

我离开时已经过了午夜。她坚持送我到楼下。这个时间已经没有公交车了,我们走到附近的街口等出租车。城市里终夜不熄的灯火依然流光溢彩,但街道上已经安静而空荡,只有稀疏的车辆不时驶过。那些与夜空相接的高楼大厦，那种灯火通明的寂静，给人一种奇特的感觉，仿佛置身于一个灿烂而无声的梦境里。南方的秋风只有凉爽，没有寒意。她在风里踱来踱去。不知道为什么，我想到鸟，她就像一只美丽、轻盈、不怎么安分的鸟。

"我喜欢南方。"她说。

"我也是。"我说。

因为两个人都太忙，我们后来见面的机会并不多，但经常打电话，都是在晚上两个人忙完一整天的工作后。夜深人静时，我们聊聊天，纵使说不出什么新鲜的东西，也仿佛这一天终于放松、宁和地结束了。后来，我把妻子和孩子都接到深圳。有天夜里，红霞打电话来，因为家人都睡了，我只好跑到洗澡间里去接。她似乎一下子就听出了异样，问我是不是家里人已经到了。我说是，所以这段时间忙着搬家、安置他们，没和她联系。她说改天找时间请我家里人一起吃饭。我说太远了，最近也太忙，以后找时间吧。我们没有多聊就匆匆挂了电话。夜间通话无法继续，我试着白天上班时抽空给她打电话，但她往往在忙，等她忙完打回来，我可能又不方便了……最后，电话也很少打了。

二〇〇一年的某天，我突然想起好久没和红霞联系，就给她打了个电话，语音提示我所拨打的是空号。我想，她可能换号了。但我之后一直没有接到她的信息和电话。有一次，我在华强北约了客户见面，办完事就走去赛格电子市场。我记得她说过她的柜台在二层，我去那里找她的时候还有些紧张，心想自己这样找过来会不会太冒失。但我到了那里一打听，他们说她已经不干了。

二〇〇三年，我在广州的一个家具公司找到管理职位，全家就从深圳搬去广州。二〇〇四年，我去深圳出差，接待我的是我们外包工厂的一位负责人彭军，也是河南人。那天晚饭后，他说带我去找个地方唱歌放松放松，我知道那是什么地方，说不必了，我想早点儿休息。他说那地方是河南老乡开的，宵夜有正宗河南烩面，去吧，确定不搞其他乱七八糟的，就是唱歌、喝酒、吃烩面。

我随他去了那个地方。一个穿粉色亮片裙子的女孩儿带我们进了一个房间，操着带四川口音的普通话，娇声娇气地说她今晚为我们包间服务，让我们先看酒单。我对彭军说，说好了，不搞乱七八糟的。他说知道你不喜欢那一套,绝对不搞。但过一会儿,女孩儿就问我们想叫几个"公主"。我赶紧说:"不需要陪唱,我们喜欢自己唱。"

那女孩儿有点儿愕然,接着挤出一个笑脸,说来唱歌的老板都需要陪唱呢,自己唱多没有意思啊。

这时候,正在看酒单的彭军说:"今天不需要陪唱。"

那女孩儿有点儿一根筋,又劝道:"可是来这里都会叫公主呢,我们的公主漂亮,唱歌也好,一起唱好热闹的。"

彭军不耐烦了:"说不需要就是不需要,你没听清楚吗?"

"没关系的,不如我先把她们叫进来,老板看一看,如果没有喜欢的可以不选。"

我也有点儿烦了,不再说话。我想,恐怕他们这里是要求必须点女人来陪唱的,根本不是正经唱歌的地方。

彭军这时把酒单扔到一边,说:"你新来的吧?我经常来这儿,和你们老板很熟。我不认识你,你懂不懂规矩啊?"

女孩儿赶忙赔笑着解释说:"老板是熟客啊,只是,我们这里的规定是……"

"你不要给我说什么规定!"彭军发飙了,"你滚出去,换其他人进来服务。"

女孩儿的脸色变了,连声道歉。

我对他说:"算了算了。"

彭军叫我不用管,说他在这儿第一次碰见这种事儿,得帮老董管管他的员工。

"还有,叫你老板进来。"他说。

女孩儿快落泪了,说:"我有什么做错的地方请老板您教我啊……"

"去叫董少华!"她越恳求他越来气。

"我们老板今天不在。"女孩儿说。

"那叫红姐过来!你现在给我出去。"彭军说,指着门。

那女孩儿端着托盘哭着出去了。

我说:"算了,一个小姑娘。"

他说:"本来高高兴兴来唱歌,被这不懂事的弄一肚子气。"

过一会儿,有个瘦削高挑的女人敲门走进来,身后跟着刚才那个女孩儿。她不像其他夜总会里的女孩儿那样穿着性感暴露、职业特征明显的衣服,而是穿一身黑色正装套裙。看见对方,我俩都愣住了。

过一会儿,她问:"你怎么来了?"

"怎么？你俩认识啊？"彭军问。

"认识，红霞和我一个县的。"我说，看着她。

她这时转过脸，冲彭军一笑，说："你呀，过来也不提前打个电话说一声，前台最近换人了，竟然给你安排个新来的，惹你生气啦。"

彭军假装生气地说："就是，不认识我倒算了，张总说不想让人陪唱、不想烦，她一直纠缠不休，这不是逼着我们犯错误吗？还跟我说什么规定，弄得人一肚子气。"她转头对那女孩儿说："快给彭总道歉。"

女孩儿走上来，九十度鞠躬，说："对不起，彭总。"

彭军不吭声。

女孩儿就继续鞠躬，说："对不起……"

后来，彭军看也不看她，挥手像驱赶一条狗似的说："出去吧。"

红霞说："我换个人进来服务。"

彭军说："你不忙的话也过来坐一会儿吧，陪你老乡说说话。"

"你们来了就不忙了，"她莞尔一笑，"我出去安排下，待会儿就过来。"

她出去以后,我问彭军:"你和她很熟?"

彭军说:"她是这里的领班儿,老董的左右手。我经常来,混熟了。"

很快,另一个女孩儿进来,送来一瓶打开的红酒、三个杯子,接着又端进来果盘和零食盒子,说:"红姐说了,这些都是送的。老板请慢用。"

彭军看了我一眼,说:"你老乡会办事儿。"

我笑了下,没说话。

"你呢,和她很熟?"他问我。

"算是吧。"我说,"不过,也几年没见面了。"

过一会儿,红霞进来了,在我旁边坐下来。

彭军递给她一支烟,隔着我,又凑过去给她点上。她甩甩头发,身子往后一靠就抽起来。她眼皮上涂着厚厚的黑眼影,显得脸庞更加瘦削,脸色更加苍白。

"董少华人呢?"彭军问她。

"去东莞了。"她说。

"真没想到会在这儿遇见,都好吧?"她问我,声音和人都隔着薄薄的烟雾。

"都好。我搬去广州了。"我说。

"怪不得。"她说。

她说"怪不得"让我有点儿不舒服,似乎我们俩失联是因为我去了广州。我说:"我后来给你打电话,你的号码变了,我找不到你。"

她只是含糊地"嗯"了一声。

"这叫'他乡遇故知'。我把他带来的,你得感谢我。"彭军插话说。

"当然感谢你。"她说着,和彭军碰了一杯。

我们三个很快喝完了那瓶红酒,彭军又叫了瓶"黑方"。她和我们一起继续喝烈酒。

"不知道你这么能喝。"我对她说。

"练的。"她漫不经心地回答,和我碰了碰杯。

过一会儿,彭军和服务我们房间的小姑娘在合唱一首歌。红霞突然对我说:"走吧,我们出去抽根烟,里面太吵,没法说话。"

我跟她走出去,走到歌厅的后面。后面是片停车场,隔着一排矮棕榈树,是个肮脏、凌乱的建筑工地。工地没有开工,但亮着灯,灯光照着浑浊的空气,像一团灰黄的雾。棕榈树扇形的叶子在没有风的夜里像一个个无力垂落的硕大手掌，你能想象那上面沾染了多少尘土。从我们身后的那排房子里，仍然传来隐约的歌声、笑声、男人女人的叫声，但外面比里面还是安静多了。空气燥闷、黏稠，饱含着南方特有的溽热，散发着湿答答的汗味儿和工业社会的烟尘味儿。

"在这种地方看见我，挺惊讶的吧？"她假装轻松地说，抽了口烟。

我想否认，但又觉得那样太假，就说"有点儿惊讶"。

"我后来给你打电话发现你换号了……"我说。

"你说过了。"她打断我。

我继续说："我还去赛格那边找过你。"

她有点儿吃惊："你真去找过我？"

"去了，他们说你不干了。"

她低下头，掸掉一块灰白的烟灰，沉默不语。

她脸上没什么表情，既没有陷入回忆也没有悲伤的样子，或许她是尽力不让自己流露什么。她的姿势也像个放荡不羁的男孩子，只有那双涂着厚厚眼影的眼睛让她看起来很女人气——一个经历过沧桑、守着她的秘密的女人。

"我被人骗了。"她总算决定对我讲讲，"我接了个大单,是个很熟的客户订的。我们搞批发的,多少都有拖延货款的问题,拿了货两三个月后才付钱,差不多是行业的惯例。那个单很大,那个混蛋还先付了百分之二十的定金,说其他还按老规矩,三个月后付清。我也是太久没遇上事儿,胆子大了,而且确实利润很高,就去订了一大批货。结果货发出去不久,人就找不到了。我以前不是给你说过我投了很多钱买股票?那些股票也赔得一塌糊涂。柜台的租金都交不上了,房租也交不上,供货商天天打电话催账……我只好把手机号码换了,柜台转让,全部东西都贱价折给别人。"

"遇到这么大的困难,为什么不给我说?"我说。

她叹了口气,说:"给你说你能做什么呢?你也很不容易,养活着一家子,自顾不暇。我给你说,除了让你为难,没有任何用处。"

我无话可说,她的话虽然很直,直得让人难受,却是实话。我当时的情况,确实帮不上什么忙。

"所以你就到这种地方来工作?"我问。

她诧异地瞅了我一眼,问:"怎么了?不可以吗?"

"不适合你。"我说。

"什么适合我？"她冷冷地问。

"我不知道什么适合你，但这里肯定不适合你。"

"你以为这是什么工作？卖笑的工作？"她看着我。

"我没这么说……"我退缩了。

"你这么想了，又何必不承认？在歌厅工作怎么了？被人催债、被法院找上门，然后东躲西藏，搬到个猪窝一样的地方。可就连那样的地方，人家还欺负你，把你的东西从屋里扔出来……都快流落街头了，还在乎什么工作适合不适合。那时有人肯给我工作，肯给我地方住，我就感激他。"

"我们不说这个。"我感觉到她气恼了，而我也觉得羞愧。我不该鄙薄她现在做的事，因为我根本不知道她那时候经历了什么。

她把快抽完的烟扔到地上，踩灭了。她穿着一双精巧的方头低跟皮鞋，没穿丝袜。她没有感觉到她的打扮和夜总会格格不入吗？除了像是要把自己的眼睛遮盖住的夸张的眼影，除了抽烟喝酒时摆出来的桀骜不驯姿态，她和以前并没有多大不同。她这样的人，很难沾染上风尘气。

"现在债都还了吧？"我问她。

"怎么？你打算借钱给我？"她的情绪好像缓和过来一些，故意眯着眼表示怀疑地看着我，而后突然笑了，说，"不用操心了。有的还了，有的赖掉了。"

她说回去吧，我说好。我们又走进那个喧闹炫目的建筑物里。过道上打着游移不定的蓝光，穿着亮片裙的小姐偶尔闪过，像条发光的鱼。尽管那么喧嚣，这里却给人一种虚幻空荡的怪异感觉，那大约是种彻骨的不真实感，一种刻意营造出的、类似醉生梦死的气氛。这时，她对我说："其实不是你想的那样，我还没有惨到那种地步。"

回去房间，宵夜已经端上来。吃了烩面，彭军非要我唱首歌。我忘了我唱的是什么歌，大概是首老粤语歌。唱歌的时候，我无意中扭头看了她一眼，看见她眼里泪光闪闪。我吓了一跳，赶紧转过头去。我唱完，她像小孩儿一样使劲鼓掌。

那晚我和彭军都喝得半醉，他打电话叫了个司机过来开车。送我回酒店的路上，他又提到红霞，说："你老乡人真不错。"

"怎么不错？"我问他。

"说不上来，反正和别的姑娘味儿不一样，也有脑子。"

他说。

"你老去那地方,是不是对她有意思?"我问。

"胡说,"他嘿嘿笑了,"我是和董少华熟。他今天不在,下次带你认识认识,很不错的哥们,大方,讲义气。"

我沉默了半晌,还是忍不住问:"我老乡,她在那儿只是做做……管理?"

彭军看了我一会儿,狡黠地笑了:"你是想问她做不做皮肉生意,对吧?"

我没说话。

他说:"她要肯做,我早就把她包了。她是董少华的人,所以我看上人家也沾不上边。俗话说,朋友妻,不可欺,对吧?"

"她是董少华老婆?"我问。

"也不是,董少华有老婆。"彭军说。

我第二天下午就启程回广州了。车进入市区正是黄昏时候,每个地段都在堵车。堵在立交桥上时,我给她发了条短信,说我已经回到广州,让她以后来广州一定告诉我。她没有回复。后来,我又给她发过几次短信,她都不怎么回复。我理解她的淡漠,也决定不再打扰她,毕竟,我们的生活轨迹离得越来越远了。

二〇〇九年春天,彭军到广州参加广交会,打电话联系我。我当时已经离开那个家具公司,自己开了家小公司,代理西班牙、智利的几个红酒品牌。我请他去天河城的一家日式料理店吃饭。吃饭时,他一直抱怨民营厂越来越不好做,说他们厂所在的那个工业区,大部分小企业都做不下去了,倒闭了至少百分之六十,过去的厂院里长满了荒草,那个萧条……我说你的厂还能撑下去就好。他说,也就是硬撑着,不知道能撑到什么时候,上游拖欠款太厉害,资金周转不过来,他天天跑着催债,各种部门又三天两头上门找麻烦,有一次把他的电脑都搬走了。他说觉得广东要衰落了,经商环境明显不如以前。后来,他提到董少华,说真是十年河东十年河西,以前那么风光一个人,现在落得这样。我吃惊地问他怎么回事。他说前些年扫黄厉害,董的歌厅生意不好做,场子经常被封,封了就花海量的钱去上下打点,好不容易开业了,过段时间又被封……

"他也折腾不起了,就不干了。"彭军说。

"他现在做什么？"我问。

"后来就没做什么。人要是倒霉呐，那就不只是在一件事上栽。前年又查出来癌症，化疗放疗什么的搞下来，人不像人鬼不像鬼，瘦的……我一个大男人看了都想掉泪。"

我沉默了一会儿，问他："那红霞呢？"

"你老乡挺义气，听说给董少华拿出来几十万，让他看病，估计她自己这些年存的钱都给他了。"

"董少华自己没钱看病吗？"我有点儿气恼地问。

"你不知道他这个人，花钱大手大脚得很，还有个爱赌的坏毛病。生意没了，坐吃山空，钱也差不多折腾光了。"

"红霞现在干什么？"

"不知道。我联系不上她了，以前的号码换了。你也没有她的新号？"他有点儿诧异。

"没有。"我说，"如果你再见到她，一定让她和我联系。"

后来，我偶尔和彭军通个电话，隐约地希望他会重新联系上红霞，但他再也没有提起这件事。

二〇一二年的夏天，我带家人去惠州南昆山景区度周末。晚饭后，妻子和两个孩子说白天玩儿累了，想在房间休息，我就自己出去散步。我们住的那家民宿后面有条上山的石阶小道，我顺着小路往山上去。山林中充满夜鸟的呢喃和虫子的嘟啾，空气潮湿、闷热，散发着浓郁的草木气味，这是南方特有的气味。在暮色和夜色交织的朦胧光线里，我注意到在我前面的一对男女。那男的从背影看上了年纪，身形又略胖，爬得有些吃力。女的则苗条、敏捷，往上登两三级台阶，就停下来等男的一会儿。那背影看起来很熟悉，我困惑了一会儿，突然想起她像谁。但我也不敢确定，毕竟好多年没见了。这时候，女的登上前面一个小小的观景台，我听见她说："你要觉得累，我们在这儿歇会儿就回去吧。"男的操着浓重的福建口音说："没事啦，爬爬山，锻炼一下，对身体也好嘛。"他听起来已经气喘吁吁，女的伸手搀了他一把。

他俩在观景台那条长椅上并肩坐下，背对着我，谁也没说话。男的不知道从哪儿拿出一把纸折扇扇着风，女的仿佛在静静地眺望风景。我迟疑了片刻，走到他们身后问："不好意思，是红霞吗？"

他俩一齐转过头。女人惊愕，男人费解。

"小齐？"红霞站起身来，喊了我一声。

"果然是你，我刚才还怕光线太暗认错了人。"我说。

有一刹那，我们俩面对面站着，看着对方，似乎都不信这是真的。

坐在那儿的男人也站起来，问她："遇到老朋友啦？"

她对他说："是小齐，我老乡，我们一个县的。"

那男人哦哦地连连点头，说："原来遇到同乡啦，好哇好哇。"

她对我介绍说："这是我老公，姓郑。"

"郑先生，幸会。"我伸出手和他握了握。他看上去至少有六十岁。

"幸会，幸会。"他也说。然后，似乎站得累，他又坐回到椅子上，拿着扇子扇起来。

她的脸红了，最初的激动、惊愕神情也淡去了。

"太巧了，你们也来这儿度假？"我问她。

"是啊。真巧，想不到会在这里遇见。"她睁大眼睛看着我，有点儿吃力地笑着。

"你们从深圳过来？"我问。

"对。你呢？还在广州？家里人呢？"

"还在广州。他们白天玩儿累了，不想出来，我就一个人出来走走。"

"好啊。"她说。

我们突然间不知道说什么了。

她的头发长了，长过肩膀，脸也胖了一点儿。过去，她一直有种男孩儿般的气质，清爽、锐利，现在，她看起来确实像个四十岁的女人，绵软、倦怠。

"都好吧？"我问她。

"都好。"她说，"好多年不见，你还是那样。"

"你也是。"

"哪有？老多了。"她微笑着否认。

"没有，没怎么变。"我坚持说。

郑先生一直很没意思地坐在那儿扇扇子、赔着笑，这时突然啪的一声把扇子合上，大声说："哎呀，天都黑了。要不我们下去找个地方说话？"

她看看他，迟疑了一下，问我："也是，站在这儿说话不方便，要不我们下去坐坐？"

但我看得出她的尴尬、言不由衷。

我说:"不,不打扰你们了。太晚了,你们肯定也累了,回去休息吧,我再走走。"我想,有这位丈夫在,我们也不可能聊什么。

"那好吧。"她说。

"电话号码又换了?"我笑着问她。

"换了,新号码你存一下。"她说。

交换了电话号码,我和他们告别,自己往山上走去。同时,我留心听着他们,听着他们的脚步声、低沉的说话声渐渐远去、消失。沿石头阶梯散布着几盏低矮的路灯,飞虫绕着那一点儿昏黄的光不知疲倦地飞舞,扑啦啦地撞击着玻璃灯罩。我一直走到没有路灯的地方,才往回走。

回到住处,两个孩子已经睡了,妻子躺在床上看电视。我起初不想告诉她我遇到红霞的事,但随后想到第二天我们可能会在酒店里碰上,就告诉了她。她是个热情的人,说好多年没见过县城的大美女了,让我一定给红霞发短信,邀他们夫妇明天一起吃顿饭,午饭或是晚饭都行。我说人家未必想见面。她说问问看嘛。我给红霞发了条短信,问她明天能不能一起吃饭。隔了很久,我收到她的回复:"谢谢你,但我们明天上午就要离开了。"这是我意料之中的回复，我直觉她不想会面。我回复了一条信息，说的都是"以后再聚""回程平安"之类的废话。

夜里，我睡不着。但我尽量不翻来覆去，以免妻子猜疑。我听着房间里空调发出的低沉噪声、周遭山林中传来的各种无法辨别的细微声响，来南方后第一次见到红霞的种种情景都在我脑子里苏醒了，此后的交集、失联、不期而遇……一切涌上心头。想到她和我就在同一栋楼里，那种压抑感就更深、更焦灼。我很想给她打个电话，聊一聊，听她说说这些年的生活，也对她说说我的生活。或者，就像上次一样，我们俩找个僻静的地方，只是站一会儿、说几句话。可我知道我什么也不能做。我们，我和她，都没有这小小的自由。在这南方的静夜里，我只能失眠，一动也不动地躺着，让那些回忆、困惑、期望在我心里幽幽燃烧。

我后来再也没有见过红霞。有时想到我们最后一次见面的仓促、遗憾，心里会有些难受。但我转而安慰自己，想那年长的男人也许会待她更体贴些。对于一只漂泊日久、受过伤的鸟来说，那毕竟也是归宿。

后 记

致湮没于岁月的美丽身影

张惠雯

和老家朋友的一次聚会上,有人说,过去咱县很美啊,就像北方的鱼米之乡。我理解这话的意思,恐怕晚生十年的人就不能理解了。过去,我们县城四角有四个池塘,围绕老城还有半圈老城墙。我很小的时候,家里人晚饭后常带我去城墙上散步,城墙临着湖,湖里种着莲藕,湖畔民居淡淡的灯火一条条都倒映在湖水里,静谧,或随波摆荡。后来,老城墙被拆了,进入二十世纪九十年代,湖塘也被填平成为建设发展用地。童年记忆里的那个美丽、安闲的小城消失了,我的县城成了大建设时期之后面孔千篇一律的无数个中国县城之一。

过去美的不只是风物，还有人。契诃夫曾说："人的一切都应该是美丽的：无论是面孔，还是衣裳，还是心灵，还是思想。"年少时候，我还不懂得发现心灵和思想的美，但对于直观的美却是敏感的，那样的美震动、感染过我。因此，几个丽人的形象深深印在了我的记忆中。

我生长于八十年代，那是整个国家刚从禁锢中解放、苏醒过来的年代。一个小地方同样能感觉到这种时代氛围的变化。禁锢时代里，爱美甚至是道德败坏的表现，到了开放年代，人们好像猛然睁开了眼睛。就是那个时候，我们县城里出现了几个"家喻户晓"的美人。这种事也只可能发生在八十年代末、九十年代初，到了2000年以后，就再也没有这类人物出现了。从某种程度上，她们带给人们美的震动，留下了美的余韵回响，这和时代有关。

在本县的美人中，最有名的有三个，我暂且用虚构的名字称呼她们：何丽、丽娜和红霞。她们的美各自不同。何丽是标准的古典美人，行为举止里透着温柔的羞怯。如果要找个和她的长相、气质最接近的明星，使她的美更具象化，我觉得就是《大时代》里的李丽珍。丽娜丰满漂亮，性格奔放，像外国人，我后来才知道这种与众不同的长相是因为她母亲是维吾尔族的缘故。红霞则不如另外两个漂亮，她眼睛不大，身材也过于瘦削了些，但气质非常出众，那是一种飒爽的中性气质，很现代、很都市、很港味儿。

从童年时候起，我就时常听人说起她们的名字。偶尔，我也在街上看到她们惊鸿般掠过，每一次都在我小小的心灵里留下些震动和遐想。有关她们的种种传闻则成了小地方枯燥生活里少有的亮光，她们仿佛凡俗生活里小说般的存在……以至于直到她们老去，我们这代人还会偶尔谈起她们，而谈起她们，就让我们生出无限的感慨：关于时代的变迁、关于逝去的光阴……这些当年的小城美人，成了我们的共同记忆，成了地方的另一种历史。

这三位女性各自的命运也具有某种富于时代特色的传奇性。美丽并没有给她们带来好运，反而带来了更多的诱惑和波折。而她们也没有选择容易的生活。丽娜，在那个时代，敢于散发"性感"，和"外乡人"自由恋爱，挑衅小地方陈旧的道德观念和封闭的人际关系圈。在两次失败的爱情之后，她宁愿选择孤独终老，也不从俗地随便找个人嫁了，这背后是怎样的勇气和自尊？红霞则决绝地抛弃今天多少人仍在孜孜追求的公家饭碗，只身南下闯荡，为了看一看外面的世界，体会更辽阔的生活。她生意失败后，沦落到在夜场当领班的地步。但在情人身患绝症时，她拿出全部积蓄帮助他，只因这人曾在她最困难的时候拉过她一把。这样的果敢、仗义，又有几个人能做得到？

一位女性朋友在读了《美人》中的三个故事以后，给我发来这样一段话："这三个女性人物就是不安分的、一生要强的中国女人！她们不安分于平庸男性，不安分于小城市，不安分于小事业……纵使周围人都轻笑非议，也要听从本心。纵使最终一败涂地，也要坚定从容、不辱于自我。"这段话深深打动我。因为我所要写的，不仅仅是这些"红颜"，更是她们从未沉沦过的美好本质，是"一生要强的中国女人"那种坚忍的性情和对生活的执着。

三人之中，看上去最软弱、命运最曲折的或许就是何丽。现实中，她的命运和我小说中的描写基本一致：一个郊区女孩儿，家庭贫穷，父亲长期卧病，有个哥哥，严打时因并不严重的罪行被枪毙，她长期生活在人们的围观和一些男人的窥觊中，自己的感情同样充满波折和不幸……我曾把她的遭遇讲给几位写作的朋友听,他们都说:"你应该把她的故事写出来。"

我终于比较忠实地把她的故事写下来了,忠实于她的遭遇,忠实于生活本身。我没有试图去美化她,譬如在她身上加一些较为时髦的现代女性意识、先进追求。我不打算造假来讨好读者。作为一个没有受过多少教育的城郊女子,何丽不太可能有这些先进的思想。相反,在她身上起作用的是一种本能的生活意识。这孤云般的女人,在男性狂暴的爱欲和操控中,在时代狂流的裹挟和命运反复的倾轧中,始终抵抗着厄运并坚持寻求自己的幸福。打动我的,就是这种类似生命力本身的朴素而顽强的东西,这种看似软弱却柔韧不折的女性力量。

当然,所谓忠实,也只是对于主要人物的命运而已。涉及更具体的细节,就不得不借助小说家擅长的虚构、拼贴、移花接木等手法。我对何丽有较多的了解,但并不了解她那些男友。于是,我从熟悉的人中间去找相似的人物。譬如,李成光这个人物,我是从一个和我们家有某种亲戚关系的男人身上汲取灵感的。这个人是小县城里的纨绔子弟,娇生惯养,游手好闲,但心肠不坏。在县城里的女孩儿们看来,他算是很有情趣的一种人。不过,他的毛病仿佛和胡兰成一样,看起来对女性都温柔可亲，却不专情，不怎么有责任感，最后反倒都是伤害。同样，孙向东、宋斌的性格特征，甚至言谈举止，我也参考了一些从小就相识的人，有些是亲戚，有些是哥哥姐姐们的朋友。在当年我这个小孩儿眼里，他们都曾是闪闪发光的年轻人，而今都已老去。我从他们当年的模样、个性、故事里撷取些许碎片，放进我的小说里，这不失为一种美好的纪念方式。

在《美人》"三故事"里，我充分动用了童年和少年时代的记忆，去还原当时的故乡风貌，复活在我记忆里留下过较深印象的故乡人物。写作的过程仿佛是一个漫长的追忆、缅怀过程。写完以后，我才感觉人生最初十几年的记忆、对那里的某种感情得到了安放。它就像一首长长的抒情诗，写给故乡，写给时代里流散的小城故事，写给那些湮没于岁月的美丽身影。

2022 年 3 月 11 日

于波士顿

2023 年 12 月 20 日

修改、定稿